DOUBLE लाइफ़

DOUBLE लाइफ़

उदय प्रकाश

वाणी प्रकाशन

वाणी प्रकाशन

4695, 21-ए, दरियागंज, नयी दिल्ली 110 002

फ़ोन : +91 11 23273167 फ़ैक्स : +91 11 23275710

शाखाएँ

अशोक राजपथ, पटना 800 004, बिहार

कॉफ़ी हाउस कैम्पस, महात्मा गांधी मार्ग, इलाहाबाद 211 001, उत्तर प्रदेश

महात्मा गांधी अन्तरराष्ट्रीय हिन्दी विश्वविद्यालय, वर्धा 442 001, महाराष्ट्र

www.vaniprakashan.com
marketing@vaniprakashan.in
sales@vaniprakashan.in

Double Life
by Uday Prakash

ISBN : 978-93-5518-813-7
Fiction/Screen Play

प्रथम संस्करण 2022

आर. टेक ऑफ़सेट प्रिंटर्स, दिल्ली-110 032 में मुद्रित

वाणी प्रकाशन का लोगो मक़बूल फ़िदा हुसेन की कूची से

प्रकाशक की ओर से

"भाषा जीवन से बहुत अलग होती है। मैं इन दोनों को एक–दूसरे में कैसे मिला सकती हूँ! स्मृति समेत साहित्य में हर चीज़ पुरानी होती है। जो कहा नहीं जा सकता, उसे लिखा जाता है, क्योंकि लेखन एक मौन गतिविधि है, जो मस्तिष्क और हाथ के ज़रिये की जा सकती है। मैं हमेशा स्वयं से कहती हूँ कि मुझमें बहुत ज़्यादा भावनाएँ नहीं हैं। यहाँ तक कि जब कोई चीज़ मुझे प्रभावित करती है, तो मैं उससे थोड़ी दूर हो जाती हूँ तभी उसके बारे में लिख पाती हूँ, चुप–चाप", हर्टा म्यूलर, वर्ष 2009 में नोबेल पुरस्कार से सम्मानित लेखिका के यह शब्द जब भी पढ़ती हूँ, सिर्फ़ एक ही लेखकीय जीवन ज़हन में उतरता है– उदय प्रकाश।

भारतीय साहित्य के आधुनिक और उत्तर–आधुनिक कालखण्ड को उदय प्रकाश की रचनाओं ने उसी प्रकार से समृद्ध किया है जैसे गैब्रिएल गार्सिया मार्खेज़ ने जादुई यथार्थवाद को, सिमोन द बोउआर ने स्त्री–विमर्श को, जूलिया क्रिस्टेवा ने जेंडर के सामाजिक ध्रुवीकरण को ध्वस्त करने की प्रक्रिया को और सैल्वाडोर डाली ने अतियथार्थवाद द्वारा जीवन की सांसारिक और एक ढर्रे की दृष्टि को खण्डित करने की प्रक्रिया को।

कुल मिलाकर उदय प्रकाश वह प्रस्थान बिन्दु हैं जिसने हिन्दी साहित्य में प्रचलित विचारधाराओं को कुछ विराम लेने और आत्ममन्थन करने पर मजबूर किया। उदय प्रकाश के साहित्य के

समग्र मूल्यांकन के लिए भविष्य को इतिहास बनने की प्रक्रिया से गुज़रना ही होगा। मेरा विश्वास है कि अब वह समय दूर नहीं जब दुनिया की हर भाषा में उदय प्रकाश जी की रचनाओं को पढ़ा जायेगा। उनकी रचनाएँ हमारी अपनी सच्चाई का दस्तावेज़ है– माना कड़वी हो सकती हैं, लेकिन सच्चाई शहद में डूबी कब थी?

उदय प्रकाश हिन्दी साहित्य के जानेमाने कवि, कहानीकार व पटकथा लेखक हैं। विभिन्न पुरस्कारों से सम्मानित उनकी रुचि पत्रकारिता में भी रही है। इसके अतिरिक्त 'भारतीय कृषि का इतिहास' पर टीवी सीरियल का निर्देशन भी उन्होंने किया है।

उदय प्रकाश ने विजयदान देथा की कहानियों को पटकथा में बदल कर और 'बिज्जी' नाम से देथा के जीवन पर आधारित डॉक्यूमेंट्री तैयार की है। आधुनिक नाटक के जन्मदाता भारतेन्दु हरिश्चन्द्र पर भी उन्होंने डॉक्यूमेंट्री फ़िल्म का निर्माण किया है।

प्रस्तुत पटकथा 'डबल लाइफ़' का लेखन इतिहास उदय जी अगले कुछ पृष्ठों में गहराई से बताने वाले हैं। उनकी क़िस्सागोई के आगे मेरा वर्णन पानी भरेगा। इसलिए मैं उनके सम्पादकीय विभाग का नेतृत्व करते हुए चंद बातें साझा कर रही हूँ।

'डबल लाइफ़' की पटकथा प्रकाशित करने से पूर्व 'हाईवे 39' की पटकथा प्रकाशित की गयी थी। 'स्लाइस ऑफ़ लाइफ़' और 'कार्पे डीएम' जैसी यूटोपियन अवधारणाओं के बीच तीसरी दुनिया की बदसूरत सच्चाइयों को हमारे सामने रखते उदय प्रकाश पटकथा लेखन में भी 'मास्टर' हैं। 'जादुई यथार्थवाद' के जादूगर उदय जी की यह पटकथा भूमण्डलीकरण, ध्रुवीकरण, भाषाओं के बदलते चरित्र और चित्रण के द्वन्द्व के बीच फँसे किरदारों का लेखा–जोखा है जिनसे हम और आप शायद रोज़ मिलते हैं, पर पहचानते नहीं। उन्हें गहराई से जानने के लिए

एक ऐसी पटकथा की आवश्यकता पड़ती है जो अगले कुछ पन्नों में ख़ुद को प्रत्यक्ष कर रही है। किताब के अन्तिम पन्ने तक पहुँचते–पहुँचते हम देखेंगे कि आम आदमी और औरत आख़िर इतने आम भी नहीं कि उनका जीवन गुठलियों के भाव सस्ता मान लिया जाये। आख़िर कब हम सामूहिक–सामाजिक रूप से यह समझेंगे और मानेंगे कि एक आम गुठली ही उन तमाम फलों का स्रोत है जिसके दम पर दुनिया की कोई भी मण्डी सजती है?

ख़ैर, नयी सदी के नये पहलुओं को हम सभी से साझा करने के लिए उदय जी को धन्यवाद। गजानन माधव मुक्तिबोध की कविता 'पूँजीवादी समाज के प्रति' की कुछ पंक्तियों से अपनी बात को अल्पविराम दे रही हूँ :

इतने प्राण, इतने हाथ, इतनी बुद्धि
इतना ज्ञान, संस्कृति और अन्तःशुद्धि
इतना दिव्य, इतना भव्य, इतनी शक्ति
यह सौन्दर्य, वह वैचित्र्य, ईश्वर–भक्ति
इतना काव्य, इतने शब्द, इतने छन्द–
जितना ढोंग, जितना भोग है निर्बन्ध
इतना गूढ़, इतना गाढ़, सुन्दर–जाल–
केवल एक जलता सत्य देने टाल।

अदिति माहेश्वरी
कार्यकारी निदेशक, वाणी प्रकाशन ग्रुप

कौन बनेगा करोड़पति के दौर में 'डबल लाइफ़' उर्फ़ 'हत्या एक मामूली आदमी की'

इस पटकथा को लिखने की शुरुआत कैसे हुई, इसे जानना बहुत रोचक है।

इस पटकथा की मूल कहानी के सूत्र 20वीं सदी के अन्तिम दो दशकों में होने वाले हैरतअंगेज़ या अननुमानित परिवर्तनों के सामने भौचक और विमूढ़ हो जाने वाले दिमाग़ के सामने, किसी आपद्धर्म वाली चुनौती के रूप में कोई एक संगत–सा, या कुछ–कुछ तार्किक जैसा लगता दृष्टिकोण प्रस्तुत करने की गम्भीर और ईमानदार कोशिश से जुड़े हुए हैं। पुराने जासूसों और विदूषकों वाली मिलीजुली, अपने समय का संकेत देती सनसनी–खेज़ गम्भीरता।

जिन युवाओं की उम्र अभी तीस–पैंतीस वर्ष या उससे कम है, वे यह अन्दाज़ा नहीं लगा सकते कि बीत चुकी पिछली सदी के अन्तिम डेढ़–दो दशक कितने हैरतअंगेज़ थे। वह **Y/2/K** समस्या क्या थी? कि ठीक उस पल जब सन् 1999 की आख़री रात शून्य काल (ज़ीरो आवर्स) में, इक्कीसवीं सदी में प्रवेश करेगी और जब ठीक उसी पल एक नयी सहस्राब्दी (मिलेनियम) भी

शुरू हो जायेगी, तो संसार भर की घड़ियाँ क्यों और किस तरह व्यर्थ हो जायेंगी। किस तरह 20वीं सदी की शुरुआत में खोजे गये सापेक्ष्यता का सिद्धान्त ब्लैक होल में समाने लगेगा। सारे कम्प्यूटर के डेटा कबाड़ खाने (ट्रैश बिन) में कैसे चले जायेंगे, कि फिर उन्हें रीट्रीव नहीं किया जा सकेगा। पिछले हज़ार साल के सारे कैलेंडर क्यों रद्दी हो जायेंगे। यानी, सब कुछ, जो पिछला था, वह उसी तरह रद्द हो जायेगा, जैसे अभी छह–सात साल पहले सन् 2016 में 500 और 1000 रुपये की करेंसी रद्द हो कर काग़ज़ के टुकड़ों में बदल गयी थी।

इतिहास के अन्त की घोषणा तो पहले हो ही चुकी थी। समाजवादी ध्रव के सबसे शक्तिशाली और विचारशील राजनेता गोर्बाचेव, **'ग्लासनोस्त'** और **'पेरेस्त्रोइका'** जैसी उन दिनों की दो बेस्ट सेलर किताबें लिख कर उसी तरह अदृश्य हो गये थे, जैसे यूरोप से लेकर दूरस्थ एशिया तक विस्तृत विशाल भू–राजनीतिक बनावट वाला महा–संघीय बहु–राष्ट्रीय गणतन्त्र (सोवियत संघ) टुकड़ों–टुकड़ों में टूट–बिखर गया था। गोर्बाचेव ने कहा था, "यह कोई बहुत बड़ी स्व–चालित बदलाव की ताक़त है, (ऑटोमेटेट फ़ोर्स) जिसे रोक पाना बहुत मुश्किल है। मैं तो बस पुराने और नये के बीच किसी तरह से सन्तुलन साध रहा हूँ।"

दुनिया के नक़्शे से देश के देश ग़ायब हो रहे थे। जो कल तक इतिहास के नायक थे, वे दर–दर भटक रहे थे या गुमनामी में लापता हो चुके थे। पुराने महानायकों की मूर्तियाँ ढहाई–तोड़ी जा रही थीं। कुछेक देश ऐसे भी थे, जो पहले तो दो देश हुआ करते थे, अब अपनी सरहदी दीवारें तोड़ कर एक हो रहे थे। कुछ इस तरह जैसे किसी के शरीर की परछाईं उसी की देह में विलीन हो जाय। या किसी आईने का प्रतिबिम्ब, आईने के सामने खड़े शख़्स में अचानक चुपचाप समा जाय। और फिर वही औपनिषदिक प्रश्न : "मैं कौन?"

भाषाएँ हर रोज़ बदल रही थीं। हर भाषा में पता नहीं किन–किन और कहाँ–कहाँ की भाषाओं के अजनबी शब्द हर रोज़ आते जा रहे थे। जैसे महानगरों के स्लम्स (जेजे कॉलोनी) में लाखों की तादाद में ग़रीब आप्रवासी आते हैं, कुछ लौट जाते हैं, कुछ हमेशा के लिए बस जाते हैं। हर भाषा में ऐसी अनगिनत अवैध, अनधिकृत जेजे कालोनियाँ थीं, जहाँ ग्रामर के बुलडोज़र उन्हें उजाड़ने के लिए हर रोज़ चलते रहते थे, लेकिन वे खर–पतवार जैसी आत्महन्ता ज़िद के साथ, भाषा के मेट्रो सिटी में बस कर, व्याकरण वाले बाबा–बुलडोज़र को ख़ारिज करते रहते थे। यह मनुष्यता का दारुण कूड़ा घर था।

बिल्कुल नये तरह के बच्चे घरों में पैदा हो रहे थे, जो पढ़ना–लिखना छोड़ कर कुछ नये हुनर या कौशल सीखने के लिए स्कूल कॉलेज से बाहर भाग रहे थे। पुरानी चली आती शिक्षा प्रणाली अपने पाठ्यक्रमों के साथ फ़ालतू हो गयी थी।

पहले माना जाता था कि अगली और पिछली पीढ़ी के बीच का अन्तर बीस साल का होता है, लेकिन अचानक नब्बे या नौ सौ साल का फ़ासला पैदा हो गया था। दोनों पीढ़ियों के बीच संवाद और निरन्तरता ग़ायब हो गयी थी। कहा गया कि यह मानव सभ्यता की अननुमानित क्रान्तिकारी छलाँग थी। मेरे बहुत सारे परिचितों और सम्बन्धियों के परिवारों के साथ भी यह हो रहा था।

मेरा अपना परिवार भी इस चक्रवात या आँधी की चपेट से बाहर नहीं रह गया था।

ऐसे भूमण्डलीकरण की प्रत्याशा किसी को नहीं थी। कहाँ तो 'ग्लोबल ग्राम' और 'वसुधैव कुटुम्बकम्' और कहाँ यह हिज्जा–हिज्जा विखण्डन। इस सबके पीछे क्या था? वह कौन–सी ताक़त या प्रक्रिया थी, जो सब कुछ को उलट–पलट रही थी? कौन था इस 'टुकड़े–टुकड़े ग्लोबल–गैंग' का असली सरगना?

लन्दन से प्रकाशित होने वाली मशहूर पत्रिका–**'ग्रांटा'** ने इस संकट पर एक बहुत महत्त्वपूर्ण, ऐतिहासिक दृष्टि से संग्रहणीय विशेष अंक निकाला था, जो मूल रूप से बदलाव की इस काल–चक्की के दो पाटों के बीच पिस रही अधेड़ उम्र (40-45 वर्ष) की पीढ़ी की विडम्बना पर केन्द्रित थी। यानी वह अधेड़ पीढ़ी, जो न तो बूढ़ी हो कर पार्कों, सीढ़ियों, छतों–सड़कों, या फिर किसी मन्दिर–मस्जिद, दरगाह के बाहर, सूनी–बे–नूर हो चुकी धुँधली आँखों से यह सब कुछ असमंजस के साथ देख रही थी, न फिर उनकी तरह, जिनके, रेल की पटरियों, फुटपाथों, कुओं–तालाबों में पाये गये, शवों की शिनाख़्त के लिए, जगह–जगह इश्तहार चिपके दिखाई देते थे। अधेड़ उम्र वह थी, जो न युवा रह गयी थी, न अभी बूढ़ी हुई थी। जिसने अपना बचपन तो खो डाला था, लेकिन आगे का समय किसी अन्धी, सनसनी और रहस्य से भरी गुफ़ा के पार, कहीं भी था। कहाँ? क्या पता ?

मेरी अपनी उम्र भी उस समय यही थी। लगभग 38-40 वर्ष। मैंने अपनी स्थायी नौकरियों से अन्तिम इस्तीफ़ा दिया था। तारीख़ थी 2 अक्टूबर। वर्ष था 1991।

...और ये सभी भाषा के भीतर की ही नौकरियाँ थीं, जिनसे मैं मुक्त होना चाहता था।

अपने तरीक़े से इस समय को पहचानने–समझने का प्रयत्न मैं लगातार कर रहा था, लेकिन उस भाषा में, जहाँ की व्यवस्था से मैं निर्वासित था। वह भाषा, जो मेरे जैसे करोड़ों लोगों की भाषा, कई तरह के नियोजित, भ्रष्ट और निर्मम उपक्रमों के कारण, हमारी नहीं रह गयी थी। उन्हीं दिनों मैंने कुछ कहानियाँ लिखीं, जो प्रचलित कहानियों से बहुत भिन्न और लम्बी लेकिन उपन्यास से छोटी या कुछ कम थीं। उनके अन्तर्विन्यास में वह धीमी, ठहरती हुई गति नहीं थी, जो उन्नीसवीं–बीसवीं सदी के उपन्यासों में सदा होती थी।

'पाल गोमरा का स्कूटर' और **'वारेन हेस्टिंग्स का साँड़'** ऐसी ही कहानियाँ थीं, जिनमें यथार्थ और समय के बदलाव की इस आन्तरिक प्रक्रिया को समझने की बेचैन कोशिश थी। **'तिरिछ'** में भी लगभग यही प्रयत्न एक अलग तरीक़े से पहले कर चुका था।

उन्हीं दिनों कुछ किताबें हाथ लगीं, जिन्हें 'चीप–क्लासिक–पल्प' या 'सस्ते–कालजयी–लुगदी' साहित्य में गिना जाता था। किसी भी फ़्रीलांस लेखक के जीवन–यापन के लिए पल्प–साहित्य उसी तरह ज़रूरी होता है, जिस तरह सड़कों–फुटपाथों के ठेले–ढाबों में मिलने वाला जंकफूड।

अगर स्वप्न और कल्पना से उपजी सृजनात्मकता किसी कथा में न हो तो, तो यथार्थ में दिखने वाले किसी भी पात्र, यहाँ तक कि स्वयं लेखक का अपना वास्तविक जीवन भी, किसी लुग्दी साहित्य से बहुत भिन्न नहीं होता है।

वे किताबें कौन–कौन सी थीं, उनमें से कई का ज़िक्र मैं पहले भी कई बार, अपने कई निबन्धों में कर चुका हूँ। लेकिन यह ज़िक्र यहाँ ज़रूरी लगता है कि उसी के आधार पर मेरी हिन्दी किताबों के प्रकाशक **'वाणी प्रकाशन, नयी दिल्ली'**, ने दस छोटी–छोटी ख़ूबसूरत किताबों की शृंखला शुरू की, जिनकी क़ीमत फ़क़त किसी सॉफ़्ट ड्रिंक या स्नैक्स जितनी थी। इस शृंखला का सामान्य सम्पादन मैंने किया था। मुझे आज भी लगता है, वह शृंखला चालू रहनी चाहिए थी। किताबों को पढ़ने की आदत को बनाये रखने और विश्व तथा अपने देश की विभिन्न भाषाओं के उत्कृष्ट साहित्य को 'टाइम–पास चीनिया–बादाम' या 'चना–चबैना' के दाम पर यह किफ़ायती 'बौद्धिक–सृजनात्मक–एनर्जी–बूस्टर' बहुत उपयोगी रहता। ऐसा न हो सका। बहरहाल।

उन्हीं दिनों पेंगुइन क्लासिक की छोटी–छोटी किताबें हाथ लगीं। **अनाइस निन** और **जॉर्ज सिमेनों** की कहानियों में कुछ

ऐसा था, जिसमें इस बदलते समय को झाँकने–समझने की कुंजी कहीं मौजूद थी। इसके पहले **रे ब्रैडबरी** की फैंटेसियों में कुछ–कुछ आने वाले समय का डरावना लेकिन सम्भाव्य संकेत था, जिसे मैं पढ़ता रहता था। हालाँकि, ये कहानियाँ पिछली बीत चुकी शताब्दियों की कहानियाँ थीं, जिनसे हो कर पश्चिम का समाज गुज़र चुका था और अब हम उसी जैसे परिवर्तन की आँधी के सामने थे। सिर्फ़ और सिर्फ़ किसी फ़ीचर फ़िल्म की पटकथा लिखने वाले स्वतन्त्र लेखक से मेरी स्थिति कुछ अलग इसलिए थी कि एक तो पारम्परिक भाषिक हिन्दी साहित्य से बचपन से ही दीर्घकालिक सम्बन्ध और दूसरे उस दार्शनिक–चिन्तन परम्परा का गहरा प्रभाव, जो मानव सभ्यता के बदलाव और विकास को एक ऐतिहासिक चेतना के परिप्रेक्ष्य में से ही देखती है। ख़ासकर, वह दर्शन, जो समाज को समझने की ही नहीं, उसे बदलने और उसमें हस्तक्षेप करने की भी प्रतिज्ञा करता था, लेकिन अब वह, कई दशकों के बाद, सिर्फ़ वाग्जाल, ठगी और प्रपंच के रूप में ही बाक़ी रह गया था। उसके सारे वाक्य अपने अर्थों–आशयों के साथ, खोखले भूसे की तरह, इस ग्लोबल तूफ़ान में उड़ गये थे। इसे 'डिसटोपिया' का युग कहा गया।

बहुत दुविधाग्रस्त स्थिति थी। लेकिन उसी पुराने नुस्ख़े का सहारा लेने के अलावा कोई रास्ता मेरे पास नहीं था। यानी–पूँजी, श्रम और तकनीक का अन्तःसम्बन्ध। आधार और अधि का रिश्ता। पूँजी, उत्पादन के साधन और इससे बनने वाले सामाजिक सम्बन्ध। इस सिलसिले में पढ़ाई–लिखाई और बेतरतीबी से भरे, अनिश्चितताओं और संयोगों में घिरे अपने जीवन के वास्तविक अनुभव भी बहुत काम के लगे।

तो, अब वापस लौटें, इस पटकथा की ओर। उस स्रोत की ओर, जिसके साथ **'डबल लाइफ़'** के सूत्र जुड़े हुए हैं।

वह हथेली में समा जाने वाली छोटी–सी, लेकिन लम्बी कहानी की किताब थी **'डेथ ऑफ़ अ नोबडी'**। इसके लेखक थे **जॉर्ज सिमेनों।** पेंगुइन ने इसे 1995–96 में कई दशकों बाद फिर से प्रकाशित किया था। तब तक मैं जॉर्ज सिमेनों के बारे में कुछ भी नहीं जानता था। यह किसी थ्रिलर की तरह, तमाम अनिश्चयों और संयोगों से भरी, धन–दौलत (पूँजी) की भूमिका की शक्ति को यथार्थ लगती फैंटेसी के माध्यम में व्यक्त करती लम्बी कहानियाँ थीं, जिन्हें उपन्यास कहते हुए अब भी झिझक होती है। जॉर्ज सिमेनों बेल्जियम के लेखक थे, फ्रेंच में उन्होने लिखा, अमेरिका में रहे। यह दिलचस्प संयोग है कि बेल्जियम की राजधानी ब्रुसेल्स के विख्यात **विश्वविद्यालय लाउसें** द्वारा आयोजित अनुवाद पर केन्द्रित एक सेमिनार तथा बेल्जियम के ही प्राचीन **घेंट विश्वविद्यालय** की एक कविता कार्यशाला मैं वहाँ हिन्दी अध्यापक के साथ संचालित कर चुका था। लेकिन तब याद नहीं आया कि मुझे जॉर्ज सिमेनों का वह घर भी देखना चाहिए था, जहाँ उनका जन्म हुआ था और वह कालेज भी, जहाँ वे पढ़ाते थे।

तो, फिर लौटें इस पटकथा की ओर। इसकी शुरुआत में ही कहानी के एक बिल्कुल साधारण से व्यक्ति की हत्या होती है। उसे किसी शूटर ने गोली मारी है और एक पुलिस अधिकारी (इंस्पेक्टर) को इस हत्या की जाँच का काम सौंपा गया है। कभी दार्शनिक, कभी विदूषक लगने वाले इस पुलिसकर्मी या पुलिस इंस्पेक्टर का एक सिद्धान्त है : **'मामूली आदमी की हत्या कभी नहीं होती।'**

और **'अगर हत्यारे तक पहुँचना है, तो उस मामूली या साधारण आदमी की असाधारणता या उसके ग़ैर–मामूली होने का पता लगाओ। तुम हत्यारे तक पहुँच जाओगे।'**

बस, यही वह सूत्र था, जो 20वीं सदी के शुरुआती दशकों में, फ्रांस के शहर पेरिस में घटने वाली एक स्थानीय आपराधिक

घटना को इतनी सार्वभौमिकता दे देती है कि वह इक्कीसवीं सदी तक पूँजी और तकनीक के योग से पैदा हुई ताक़त और उसमें अन्तर्निहित हिंसा का थ्रिलर जैसा डरावना संकेत देने लगती है। जॉर्ज सिमेनों के उपन्यासों पर आधारित कई हिट फ़िल्में और टीवी सीरियल भी बने हैं।

यह कथा–रेखा मुझे काम की लगी। हमारे यहाँ भी इस तरह की कहानियाँ थीं। यानी साहित्यिक और क्लासिकी का दर्जा एक साथ रखने वाली जासूसी कहानियाँ। ख़ासतौर पर **इब्ने सफ़ी** के जासूसी उपन्यास, जिनका अंग्रेज़ी में अनुवाद उर्दू साहित्य के अप्रतिम आधुनिक आलोचक, चिन्तक और **'कई चाँद थे सरे आसमाँ'** जैसे महत्त्वपूर्ण उपन्यास के कथाकार **शम्सुर्रहमान** ने किया था। भारत और पाकिस्तान, दोनों देशों में एक जैसे लोकप्रिय इब्ने सफ़ी उर्दू अदब के कवि, आलोचक, साहित्यिक पत्रिकाओं के सम्पादक और चर्चित कथाकार थे। उनकी **'जासूसी दुनिया'** सीरीज़ के उपन्यासों की लोकप्रियता का आज भी कोई सानी नहीं। दिलचस्प तथ्य यह कि 1947 में हुए देश के विभाजन के कुछ वर्षों बाद जब वे भारत छोड़ कर पाकिस्तान चले गये तो **'जासूसी दुनिया'** के साजिद हमीद वग़ैरह पाकिस्तान के लिए जासूसी करने लगे। इब्ने सफ़ी की लोकप्रियता ऐसी कि वहाँ की सरकार ने उन्हें सुरक्षा सलाहकार बना दिया और उनके जासूस आज हमारे देश के लिए सिरदर्द बन चुकी पाकिस्तानी ख़ुफ़िया एजेंसी **आई एस आई** के लिए जासूसी करने लगे। ग़नीमत है कि ऐसा जॉर्ज सिमेनों के बेहद लोकप्रिय पुलिसकर्मी **मैग्रे** के साथ नहीं हुआ। शायद यही वजह है कि उनकी कथाओं ने सार्वभौमिक प्रासंगिकता और गम्भीरता अर्जित की और वे साहित्य की श्रेणी में आ गयीं।

यह पटकथा एक तरह से 'कित्स्च' या बेहतरीन खिचड़ी है, क्योंकि 'डबल लाइफ़' के पुलिस इंस्पेक्टर **भिंडे** का चरित्र निर्माण (कैरेक्टराइजेशन) करते हुए **'दि डे आफ़ जैकाल'** के

माइकेल लोंसडेल का चरित्र और अभिनय लगातार दिमाग़ में था। 1972–73 की इस फ़िल्म में फ्रांस के राष्ट्रपति **जनरल देगाल** की हत्या की सुपारी एक पेशेवर शूटर को दी जाती है और माइकेल लोंसडेल की ड्यूटी राष्ट्रपति को बचाने की है। इस शूटर की भूमिका **एडवर्ड फ़ॉक्स** ने निभाई थी। उनकी फुर्ती, चालाकी और कम्प्यूटर जैसे तेज़ दिमाग़ के सामने माइकेल लोंसडेल एक सुस्त, लद्धड़, रज़ाई ओढ़ कर सोने वाला और कबूतरों को चुग्गा खिलाने वाले रक्षाकर्मी जैसे थे। दोनों अभिनेताओं ने अद्‌भुत अभिनय किया था। यह फ़िल्म 1963 में घटी फ्रांस की वास्तविक घटना पर आधारित थी, जिसमें राष्ट्रपति देगाल अपनी हत्या से बालबाल बचे थे। लोंसडेल जितने सुस्त और काहिल थे, दर्शकों को भरोसा ही नहीं होता था कि वह आतंकी जैकाल से राष्ट्रपति को बचा सकेंगे। यह फ़िल्म अन्त तक दर्शकों को बाँधे रखती थी। मैंने इसे **जेएनयू** के पास के सिनेमा हाल–**'प्रिया टाकीज़'** में उन दिनों देखी थी, जब **ऑपरेशन ब्लू स्टार** होने के पहले सारा पंजाब जल रहा था और राजधानी दिल्ली में ट्रांज़िस्टर बमों के धमाके जगह–जगह फूट रहे थे। आज की 30–35 साल की मोबाइल पीढ़ी ने 20वीं सदी के आख़िरी दशक में नये मिलेनियम के हैरअंगेज़ और डरावने प्रवेश का वह हौलनाक मंज़र नहीं देखा।

बहरहाल, लोंसडेल के बारे में यह जानना महत्त्वपूर्ण है कि वे जानेमाने फ्रांसीसी लेखक भी थे और उन्होंने बहुतेरी हिट फ़िल्मों के अलावा कई साहित्यिक कृतियों पर बनी फ़िल्मों में उत्कृष्ट अभिनय भी किया था, **'नेम ओफ़ दि रोज़'**, **'चैरीयट ऑन फ़ायर'** आदि ऐसी ही फ़िल्में थीं। आप अन्दाज़ा लगा सकते हैं कि **'डबल लाइफ़'** की पटकथा के पीछे कितने सारे महान–स्वादिष्ट–कालजयी–क्लासिक मसालों की छौंक बघार है। यह भी सम्भव है कि उन दिनों **पंकज कपूर** वाला **'करमचन्द जासूस'** टीवी सीरियल ख़ासा लोकप्रिय था।

उसकी हर कड़ी मैं देखता था। पंकज कपूर के अभिनय का तो एनएसडी के दिनों से ही लगातार फ़ैन था। 'डबल लाइफ़' में पुलिस इंस्पेक्टर भिड़े का बार–बार च्युइंगग़म चबाना, करमचन्द के गाजर चबाने का ही प्रभाव हो सकता है।

हाँ, उन्हीं दिनों कनाडा के युवा आदिवासी नाटककार **टोमसन हाईवे** के दो नाटकों ने अमेरिका, कनाडा और कुछ देशों में धूम मचा दी। एक नाटक था–**'थ्री रेज़ सिस्टर्स'** (तीन आदिवासी बहनें) और दूसरा–**'आट अ मूव टु कापुसकेसिंग'** (जो सूखे–मुरझाये होंठों वाले लोगबाग हैं, वे कापुसकेसिंग चले जायें। ज़ाहिर है, 'कापुसकेसिंग' कनाडा की कोई बहुत ही ख़राब जगह थी। अगर हिन्दी में इसे समझें तो कुछ तरह से–'इस खाते–पीते, नाचते–गाते, उत्सव मनाते अमीर महानगर में, जो सूखे–मुरझाये होंठों वाले उदास लोग हैं, वे भाड़ या जहन्नुम में चले जायें।') इन दोनों नाटकों में भरपूर–फ़ाहश गालियाँ थीं और ये नाटक नयी ग्लोबल अर्थनीति के मानवीय नतीजों को अपना विषय बनाते थे। तब तक हिन्दी फ़िल्मों और रंगमंच में ग़लीज़ गालियों का प्रवेश, जैसा आज है, नहीं हुआ था। इन नाटकों में इसी नयी अर्थनीति–**'ट्रिकल डाउन थ्योरी'** वाली 'पूँजी' की बदली हुई भूमिका केन्द्र में थी। श्रम से विच्छिन्न ऐसी आवारा पूँजी, जो किसी मेहनतकश को नहीं, लॉटरी, जुआ, संयोग, अपराध, छल और ठगी करने वाले को अमीर बनाती थी। टोमसन हाईवे के दोनों नाटकों का कथानक यही था। संयोग ही था कि उन दिनों मुझे नोयडा फ़िल्म सिटी के **'मूविंग पिक्चर्स प्राइवेट लिमिटेड'** के, रात 9:30 बजे प्रसारित होने वाले सीरियल–**'अन्धकार'** की स्क्रिप्ट लिखने का काम मिला हुआ था। आपको यह जानकर हँसी आयेगी कि पिछले दिनों **वाणी प्रकाशन** द्वारा प्रकाशित–**'हाईवे–39'** और अब इस **'डबल लाइफ़'** की पटकथा के मूल स्रोत उस टीवी सीरियल

के लिए रिसर्च करने और स्क्रिप्ट लिखने के बीच उपजे हैं, जो फ़ीचर फ़िल्म की पटकथा के रूप में विकसित हुए।

सन् 2003 में, यानी इक्कीसवीं सदी के तीसरे वर्ष ये दोनों पटकथाएँ कभी मुम्बई और कभी दिल्ली में रहते हुए लिखी गयीं। मेरे अत्यन्त प्रिय अभिनेता **इरफ़ान** को ये दोनों पटकथाएँ बहुत पसन्द थीं। इनकी दो–तीन बार रीडिंग और प्रेज़ेंटेशन भी हुए। एक समय के चर्चित अभिनेता स्व. **नवीन निश्चल** को भी यह पसन्द आयी। लेकिन यह भी बताना आवश्यक है कि 'डबल लाइफ़' का पहला स–स्वर पाठ समकालीन कविता के अत्यन्त महत्त्वपूर्ण वरिष्ठ कवि और मेरे बहुत पुराने, जेएनयू के दिनों से दोस्त स्व. **पंकज सिंह** ने किया। इसकी फ़ीचर फ़िल्म की सम्भावना को लेकर वे बहुत उत्साहित थे। यह दुःखद है और मेरे लिए निजी और अब कभी न भरने वाली क्षति कि अब इरफ़ान और पंकज दोनों नहीं हैं।

कहाँ से मैं चला था और किस जगह पहुँच गया। उँगलियाँ थम गयी हैं। आँखें नम हैं।

लेकिन अभी तो क़िस्सा बाक़ी है।

सन् 2008 में बॉलीवुड–हॉलीवुड के सिने–इतिहास ने एक नयी करवट ली। ब्रिटिश फ़िल्म **'स्लमडॉग मिलियनेयर'** रिलीज़ हुई और उसने एक साथ 10 अकादमी सहित इतने बड़े और सम्मानित अनगिनत अवार्ड जीते कि फ़िल्मकार और समीक्षक भौचक रह गये। यह सिनेमा के इतिहास में उत्तर–आधुनिकता का प्रवेश था। पुराने इतिहास को बेदख़ल करने वाला। ब्रिटिश निर्देशक **डैनी बोएल** की इस फ़िल्म ने नयी अर्थनीति की जादुई–करिश्माई ताक़त पर विश्वसनीयता की मुहर लगा दी। महत्त्वपूर्ण यह तथ्य है कि यह एक दृष्टि से भारत की भी फ़िल्म थी, क्योंकि इसमें हमारे प्रिय और अप्रतिम अभिनेता **इरफ़ान**, और गुजराती मूल के ब्रिटिश अभिनेता **देव पटेल** ने अभिनय किया था, **ए आर रहमान** का संगीत था तथा फ़िल्म की

सहायक निर्देशक **लवलीन टंडन** सहित कई भारतीय कलाकार इसमें थे। पर इस सब के अलावा, यह शायद बहुत ही महत्वपूर्ण तथ्य है कि यह फ़िल्म **इलाहाबाद विश्वविद्यालय** में पढ़े और भारतीय विदेश सेवा में अधिकारी रहे प्रतिभाशाली कथाकार **विकास स्वरूप** के अंग्रेज़ी उपन्यास **'क्यू एंड ए' (Q & A)** पर आधारित थी, जिसमें मुम्बई के धारावी जैसे स्लम में रहने वाला 18 साल का एक गरीब लड़का जमाल मलिक अटकल, तुक्के और संयोग के चलते 200,00000 रुपये (20 Million) जीत जाता है। लेकिन उसके साथ बाद में घटी त्रासदी इस कहानी के मार्मिक मानवीय पक्ष को उजागर करती है।

यही 'ट्रिकल डाउन' की उदार–चमत्कारी अर्थनीति, जिसे मज़ाक़ में–'वू–डू एकोनोमिक्स' या 'घोड़ा–गौरैया अर्थनीति' (Horse-Sparrow Economics) भी कहते थे, हमारे यहाँ लागू हुई और देखते ही देखते इक्कीसवीं सदी के पहले दशक में भारत एशिया में सबसे तेज़ गति के आर्थिक विकास का, चीन को पीछे छोड़ने वाला, मॉडल बन गया। वित्तमन्त्री थे– **मनमोहन सिंह**। उसी विश्वबैंक और आईएमएफ का अनुभव उनके पास था, जो अर्थनीति के लिए 'नोबेल मेमोरियल पुरस्कार' से सम्मानित लेकिन इस सिद्धान्त के आलोचक अमेरिका के अर्थशास्त्री और कोलम्बिया विश्वविद्यालय के प्रोफ़ेसर **जोसेफ स्टीगलिट्ज** के पास भी था। वे इस अर्थनीति के स्याह–सलेटी पक्ष को भी देख रहे थे और बाज़ार तथा राज्य के बीच सन्तुलन और नियन्त्रण के पक्षधर थे। यानी यह सिद्ध होता गया कि इस नयी अर्थनीति में जादुई करिश्मा भी था और त्रासद मानवीय अन्धकार भी।

नयी शताब्दी और नयी सहस्राब्दी के आते ही आर्थिक और राजनीतिक ही नहीं, सांस्कृतिक बदलाव भी शुरू हुए। जिस तरह सिनेमा का इतिहास बदला, उसी तरह साहित्य का भी। विकास स्वरूप के 2005 में प्रकाशित उपन्यास–'क्यू एंड ए' के अलावा,

जिसने बॉलीवुड–हॉलीवुड के लिए एक नये युग की शुरुआत की, भारतीय भाषाओं का साहित्य भी लम्बे समय के बाद नये सिरे से आकर्षण, जिज्ञासा का केन्द्र बना। इस दौर में, यानी 2000-2007 के समय, देश के कई कलाकार, खिलाड़ी, अभिनेता, वैज्ञानिक, राजनेता, समाजकर्मी आदि 'मैन आफ़ मिलेनियम' घोषित किये गये थे। जर्मनी, इटली, फ्रांस आदि कुछ देशों में जाने और अपनी रचनाओं का पाठ करने का अवसर मुझे भी मिला। जहाँ तक याद आता है, विकास स्वरूप के उपन्यास का लोकार्पण या तो 'फ्रैंक्फुर्ट पुस्तक मेला' में या टूरिनो के साहित्यिक–सांस्कृतिक उत्सव में हुआ था। हम कुछ लेखक, कवि, कथाकार, रंगकर्मी, कलाकार हर जगह साथ थे। वे बहुत उत्सुकता, गर्व और उत्साह के दिन थे।

ठीक इसी जगह **'पीली छतरी वाली लड़की'** का उल्लेख ज़रूरी है, जो बहुत ही सटीक और प्रामाणिक अर्थों में **'मिलेनियम कथा'** ही है। यह **'हंस'** कथा मासिक में, उसके निजंधर सम्पादक और **'नयी कहानी'** आन्दोलन के प्रमुख अगुआ कथाकार स्व. **राजेन्द्र यादव** जी के आग्रह और आदेश पर, 'हंस' के पुनःप्रकाशन की 15वीं सालगिरह पर प्रकाशित हुई। यह ऐसी लम्बी कहानी थी, जो एपिसोडिक थी, यानी पत्रिका के पाँच अंकों तक लगातार किसी वेब सीरीज़ या टीवी सीरियल की तरह चलती रही। इसकी कथा–रेखा (स्टोरी लाइन) अपने समय की काल–रेखा (टाइम–लाइन) के बीच आवाजाही करती हुई चलती थी और इसका विन्यास ऐसा था, कि उसे अभी तक लिखना जारी रखा जा सकता था। वह दरअसल, बदलते समय का एक बहुस्तरीय, बहु–पाठिक प्रेमाख्यान था। एक तरह से गतिशील समय का निवर्त्तमान इतिहास। सम्भव है इसकी पृष्ठभूमि में **स्टीफ़ेन हाकिंग** की उस समय विख्यात किताब **'ब्रीफ़ हिस्ट्री आफ़ टाइम'** की उपस्थिति का असर हो, जो उस समय की (आज भी) सबसे लोकप्रिय बेस्टसेलर थी।

लेकिन कोई भी गम्भीर व्यक्ति उसे 'लुग्दी–साइंस फ़िक्शन' या 'पल्प' कहने की हिम्मत नहीं कर सकता था। ऐसा था भी नहीं। वह एक बहुत सुलझी हुई, संश्लिष्ट और दुरूह वैज्ञानिक सिद्धान्तों को साधारण–सरल भाषा में लिखने की अपूर्व और अद्वितीय कोशिश थी। इसको प्रकाशित करने का साहस बड़े प्रकाशक उसी तरह से नहीं कर पा रहे थे, जिस तरह कार्ल मार्क्स की **'दास कैपिटल'** के प्रकाशकों के साथ हुआ था और अब जिससे जुड़े कई लतीफ़े प्रचलित हैं। **थोमस फ़्रीडमैन** की **'वर्ल्ड इज़ फ़्लैट'** (दुनिया चपटी है) भी बेस्टसेलर थी, जिसमें बेंगलुरु के सिलिकोन वैली के उस समय युवा **नन्दन निलेकनी** का रोचक और प्रशंसात्मक ज़िक्र था। देशी युवा प्रतिभाओं की ठेठ 'जुगाड़–टेक्नोलोजी' को देख कर फ्रीडमैन चमत्कृत रह गये थे। उन्हें यह अहसास हो चला था कि भारत के महानगरों में अमेरिका या यूरोप के महानगरों का कोई ऐसा ब्रांड नहीं है, जो यहाँ न हो। यानी दुनिया भले ही कोलम्बस के समय गोल रही हो, **भू–मण्डलीकरण** ने उसे चपटा बना डाला था। स्वयं नन्दन निलेकनी का विकास फ़्रीडमैन के अनुमान को सिद्ध करने वाला साबित हुआ।

ध्यान रहे, **'डबल लाइफ़'** (जो **'हत्या एक मामूली आदमी की'** शीर्षक से 2007 में कॉपीराइट सुरक्षित @ है) की पटकथा 'स्लमडॉग मिलियनेयर' के लगभग तीन साल पहले 2003 में लिखी गयी थी और उसी वर्ष **'फ़िल्म राइटर्स एसोसिएशन, मुम्बई** में भी रजिस्टर्ड हुई।

इतने सारे सन्दर्भों से आप उकता रहे होंगे, ...तो, आगे बढ़ें।

यह सन् 2009 की बात है, 'स्लमडॉग मिलियनेयर' की चौतरफ़ा धूम का वक़्त। दिल्ली के जामिया मिल्लिया इस्लामिया विश्वविद्यालय के प्रतिभाशाली छात्र **संजीव के. झा** वैशाली आये। इसके कुछ दिन पहले जामिया के हिन्दी विभाग और मास कम्यूनिकेशन सेंटर में लेक्चर आयोजित हुआ था।

अपने समय के अन्तर्विरोधों और टकराहटों को ठीक–ठीक समझने की उनकी बेचैनी और प्रश्नाकुलता उनके चेहरे पर साफ़ झलक रही थी। नयी अर्थनीति और इसकी हमारे समाज के लिए प्रासंगिकता तथा इसकी फलश्रुतियाँ या नतीजे हमारी बातचीत के केन्द्र में थे। तब तक 'डबल लाइफ़' सिर्फ़ काग़ज़ के पन्नों या हार्ड–डिस्क भर में सीमित थी। संजीव ने इस बातचीत को रिकॉर्ड किया और इसके कुछ अंशों और 'स्लमडॉग मिलियनेयर' के चुने हुए क्लिप्स को एक–दूसरे के साथ जक़्सटापोज़ करते हुए एक छोटी–सी क्लिप बनायी, जो अभी भी कहीं यूट्यूब में होगी। इस तथ्य का उल्लेख ज़रूरी था क्योंकि 'डबल लाइफ़' अपने मूल में 'स्लमडॉग मिलियनेयर' का प्रतिलोम या 'एंटोनिम' है। नयी अर्थनीति की मानवीय परिणतियाँ इसका केन्द्रीय परिप्रेक्ष्य (perspective) है। कह सकते हैं कि यह श्रम से विच्छिन्न नयी, निजी लेकिन ग्लोबल पूँजी के करिश्माई चमत्कारों के सिद्धान्त को सिर के बल उलटा खड़ा करती है, जैसा मार्क्स ने अपने दर्शन में हिगेल के भाववाद को किया था। या जैसा बीसवीं सदी के महान कलाकार चार्ली चैप्लिन ने 'ग्रेट डिक्टेटर' में हिटलर को किया था।

'डबल लाइफ़' की यह पटकथा इस मायने में भविष्य में बनने वाली किसी फ़िल्म की पटकथा हो सकती है, बशर्ते इसे कोई अच्छा निर्देशक मिले।

वाणी प्रकाशन के अपने प्रिय मित्र **अरुण माहेश्वरी** का मैं आभारी हूँ कि उन्होंने 'हाईवे–39' की पटकथा के बाद 'डबल लाइफ़' के तत्काल प्रकाशन की ज़िम्मेदारी ली। 'तत्काल' पर इसलिए ज़ोर है क्योंकि पिछले कुछ वर्षों से बॉलीवुड, जिसका अतीत हमारे लोक–संस्कृति के प्रचार–व्यापार और प्रसार में गर्व करने लायक़ योगदान का रहा है, दुर्भाग्य से वह अब उसी 'पल्प–पॉप–कल्चर' का प्रतीक बनता गया है, जिसकी ओर 'डबल लाइफ़' की कथा–रेखा संकेत करती है।

कहानियों, आइडिया (अवधारणाओं), स्क्रिप्ट आदि की नक़ल और चोरियाँ, फिर अनाम–अवैध स्रोतों से आने वाले अकूत बेनामी धन (फ़ाइनेंसिंग) और प्रायोजन (स्पोंसरिंग) ने इस लोकरंजक मनोरंजन–उद्योग से जुड़े जितने सनसनीखेज़ क़िस्सों, हादसों, गॉसिप्स को पैदा किया है कि अब यह ग्लैमर–गॉसिप ही अपने आप में एक स्वायत्त उद्योग बन चुका है, जिसकी खपत सोशल मीडिया और अनगिनत मोबाइल एप्स के उपभोक्ताओं के बीच खुद बॉलीवुड के लिए एक चुनौती है।

'डबल लाइफ़' की सबसे बड़ी विशेषता यह है, कि यह सिनेमा और पल्प, दोनों एक साथ होने की मुश्किल चुनौती को साधती है। एक ऐसा क्राइम–थ्रिलर, जो क्लासिक हो सकने की सम्भावना रखता है, यदि वह एक वैसे ही सिनेमा में रूपान्तरित हो सके।

इसी सम्भावना और इसकी सुरक्षा को ध्यान में रखते हुए इसे प्रकाशित करने के लिए एक बार फिर वाणी प्रकाशन और अपने दोस्तों, सहकर्मी साथियों का आभार। हिन्दी–अंग्रेज़ी विभागों के छात्रों के लिए भी यह इस मुद्रित पुस्तक रूप में बहुत उपयोगी हो सकता है।

तो, 'डबल लाइफ़' अब आप सबके हवाले।

–उदय प्रकाश

1.A. EXT. RAILWAY TRACKS–NIGHT

A shot of the railway tracks of local trains in Mumbai. We are moving forward on the tracks. The effect is of speed– with rapid paced very contemporary music *(with accompanying lyrics).* There is a certain thrill in speed and the music conveys it.

1.B. INT. TRAIN COMPARTMENT–NIGHT

Inside the moving compartment we follow a man– who is in his early forties– as he goes and takes a seat in the first-class compartment.

We see the crowd inside the compartment. Listless faces of office executives, men and women. All tired after a hard day´s work.

The man sitting next to the window of the moving train is lost in his thoughts. The city visuals as seen from the train– buildings, slums and residential complexes. What is going on in his head? Little do we know. The song´s lyrics are atmospheric, not personal.

1.C. EXT. MUMBAI LOCAL PLATFORM–NIGHT

A crowded railway platform. It is very noisy with people rushing, anouncements, trains coming and going, vendors...

The local train comes and stops at the platform. People run towards the door. They scuffle and brawl. An old woman has dropped her specs down while on board and is shouting. A middle-aged man is pushing a young girl deliberately. Each one is attempting to get inside first pushing the other away.

In the midst of this, the man we saw at the window gets off at the platform.

2. EXT. RESIDENTIAL COLONY–NIGHT

The man is seen approaching a residential complex. He has a briefcase in his right hand.

A girl and a boy are talking under a boundary-wall; a woman throws something down from the third floor of her flat. A car stops near by.

Three drunkards cross by the man. They are cursing somebody...their boss or their fate or each other.
He watches them for a moment and moves ahead.

3. EXT. MULGAONKAR BUILDING, STAIRS–NIGHT

Man holding his briefcase climbs up the stairs. It is a dingy narrow, dirty looking place. Garbage and pan-spits splattered all around.
He stops at the door and pushes the door bell.

4. EXT/INT MULGAONKAR'S FLAT–NIGHT

With the sound of the bell his face gets distorted, as if he is seen by someone through the door´s viewing piece.
It takes time for the door to open. He pushes the bell again. With this sound his face gets more distorted. The bell is really shrill.
Door opens. He moves inside. A woman, young and voluptuous, greets him.

औरत : इतना लेट। मैं सोची कि आज फिर नहीं आओगे...

Man doesn't answer. He walks inside the flat. The woman looks twenty years younger.

It is a common middle class flat– with two rooms and a tiny kitchen. There is an old 165 ltr. fridge, an old model TV set, a rexine sofa-set – it is cluttered with things and appliances, mostly looking used.

आदमी : *(इधर–उधर देख कर)* कोई और है क्या?

औरत : किधर ...? घर के भीतर...? ...कौन होगा...

आदमी : टीना किधर है?

औरत : मेरे को क्या मालूम! मेरे से ज़्यादा तो तुम्हें पता है।

Man goes towards his bedroom.

5. INT.BEDROOM–NIGHT

Man enters his bedroom. The woman follows him.

The Woman is watching him. He throws his briefcase on the bed.

औरत : तुम दोनों बाप–बेटी तो साथ गये थे सबेरे ऑटो से। मेरे को क्या पता किधर रह गयी वो टीना। मेरे सामने तो मुँह सिल के रखती वो...

(रुक कर)

क्या लाऊँ? चाय चलेगी कि खोलोगे अपना हाफ?

(आदमी एक पल को उसे देखता है फिर पलँग पर बैठ जाता है।)

आदमी : *(रुक कर)* मूँगफली दे दो। सलाद ओलाद है?

(वह आकर ड्रेसिंग टेबल के पास खड़ी हो जाती है और ब्रश उठा कर अपने बाल ड्रेस करने लगती है।)

औरत : सब है। आज वो कृष्णामूर्ति सारा सामान ले के आया मार्केट से...। मैं बोलती... सुनो, ही इज़ ए भेरी नाइस मैन...*(हँसती है)*

The man retires on his cot. He starts taking off his shoes.

औरत : आज पहली तारीख़ है। तीन दिन से वो बिजली वाला चक्कर मार रहा है। केबल वाला भी आया था सबेरे सबेरे। वो काम वाली अपनी बेटी की शादी कर रही है...। दो हज़ार माँग रही थी...

आदमी : *(ब्रीफकेस खोल कर टटोलता है और सौ रुपये की एक गड्डी निकाल कर औरत को थमाता है।)*

...मूँगफली ला दो...और थोड़ा–सा सलाद...

The woman, probably his wife, watches him for sometime then licks her fingers and starts counting notes.

Woman gives a smile and walks to the almirah. She opens it and puts the money inside.

Man gets up and walks to the almirah, opens it again and takes out a bottle of whiskey. The woman keeps on talking about daily chores. Man is totally disinterested in what she is up to. He looks at her and says bitterly:

आदमी : ...गिन लिए? पूरे हैं?...दस हज़ार...? ...अब मूँगफली और सलाद फलाद ला दो।

Woman gives a cursory look and looks at her image in mirror. She puts on a little lipstick and smiles before the mirror.

The man pours whiskey in a glass kept on the corner table. Takes a sip and walks back to the bed and sits on the side of his briefcase.

औरत : *(मुस्कुरा कर)* मैंने आज चिकन टिक्का भी मँगाया था। पास वाले ठेले से। गरम है। अभी ला के देती मैं। वो ई...कृष्णामूर्ति को दौड़ाया था...*(शीशे में अपने आपको देख कर हँसती है)* ...बेचारा...

Man doesn't show any smile or any other gesture. He takes a sip from the glass, which he is holding in his right hand.

The woman looks voluptuous. She puts down her hair brush back on the dressing table and moves out of the room.

The man takes a long sip from the glass. He has closed his eyes as he does this.

Suddenly there is a LOUD SHOT.

Woman who is inside the kitchen turns and rushes back.

The glass of whiskey drops down from the hands of the man and with a loud sound, crashes.

Woman shrieks.

The man falls side ways on the briefcase.

Blood is oozing out of his forehead.

He convulses for a moment.

The woman gives a loud shriek.

औरत : ई...ई...ऽ...ई...ऽ...ऽ...!! ऽ ई...

She holds her mouth covered with her hands.

Silence falls. Blood has splattered all over the broken pieces of glass on the floor. The man has been shot and is dying.

Drops of blood are trickling down. Breathings and choking sobs of the woman heard in the backdrop as...

...THE **TITLES START...**

with theme music

6. INT. BEER BAR–LATE NIGHT

The place is crowded with people.

Playback-song begins. The dance-song sequence is inter-cut with different shots of conversations of groups and couples present in the bar. The song promises dreamy regions of everlasting love. And praises the intimacy of two lovers.

The camera moves across the crowded tables and stays on a table where a teenage boy and a teenage girl are seated.

लड़का : फोन भी नहीं मार के आयी तू घर को...?

लड़की : वो क्या है कि मैं बोल के रक्खी हूँ...पापा को एक बात...

लड़का : क्या बोल के रक्खी तू...?

लड़की : ...बस! बोल के रक्खी मैं! फिकर न कर...! ...कोई लफड़ा नहीं होएगा!...

लड़का : पर बोल के क्या रक्खी तू...अपने पापा को...? बोल ना...!

लड़की : *(लड़की मुस्कुराती है)*...मैं बोल के रक्खी ...बोल के रक्खी...कि...कि...*(लम्बी साँस खींच कर)* ...कि मैं सिरफ काउंटर पे नहीं बैठती...जेम्सन्स ज्वेलेरी शॉप पे। मैं ज्वेलेरी डिजाइनिंग भी कर रही इदर...।... जब सीख जायेगी पूरा, तो रोकड़ा ज़्यादा पायेगी मैं...। डबल...!

लड़का : अब्भी कित्ता पाती तू...?

लड़की : तेरे से मतलब...? ...अच्छा तू मेरे को ले के आया क्यों इदर पे...?

The boy is about to say something when a bar boy interrupts them.

Bar boy stands waiting for the order. Bunty gestures him to come later.

Music intensifies– it is a sensuous ambiance. There is some action going on in dark corners. It´s hot in here. People are here clearly for some fun. The song leads them on.

The atmosphere works on Bunty and he streches his hand across trying to hold Tina in his arm.

लड़का : क्या खाओगी...? बताओ...!! ...ए...कित्ता अच्छा तेरा नाम है...! ...टीना...!!

लड़की : *(उसके हाथ को कन्धे से हटाते हुए)* ए... ए...!! ये क्या है? ज़रा ठीक से हट्‌ट के बैठ ...!!!

The boy takes the gentle rebuff without losing his composure. He takes off his hands from the shoulder of the girl.

लड़का : तू भी...यार! बदल ना थोड़ा अपने को! तेरे को कित्ता प्यार करता मैं!...देख ना दुनिया किधर को जा रही...

लड़की : ... ए...!...तेरे से ज़्यादा मैं जानती दुनिया को...। अच्छा, ...किदर को जा रही दुनिया...?

लड़का : *(इशारा करता है)* ...उदर को...। देख ले...। *(हँसता है)*

He points to: a couple busy in a very intimate position.

On the stage the dance/song continues– promising to take lovers to heaven´s door.

With a bright flash of stage spotlight turning into the lens, we cut to the reality of the next scene.

7.A. EXT. STREET– MUMBAI–NIGHT

The bright headlight of a vehicle glares directly into the lens as it makes a turn.

7.B. INT. INSIDE POLICE VAN–NIGHT

Inside the moving vehicle, a funny looking police officer is seen eating vada-pav. His jaws are munching it in an awful manner.

इंस्पेक्टर भिंडे : *(मुँह में बड़ा–पाव चबाता हुआ। ड्राइवर से)* रामखेलावन, कब से नहीं गया रे तू अपने घर...

Inspector Bhinde is the person sitting in the front seat beside the driver–who appears to be a simple UP wala bhaiya.

Three constables *(one of them is Pandey)*, including one Assistant Inspector, Jafri, are seated behind.

ड्राइवर : *(बिना उसकी ओर देखे)* दो साल से उप्पर हो गया साब!

इंस्पेक्टर भिंडे : *(हँसता हुआ)* तेरा कोई डेढ़ साल का बेटा भी है उधर पे रामखेलावन...

They all burst into a loud laughter. Driver seems perturbed.

ड्राइवर : ऐसा कैसे हो सकता है साब! हम बोले ना आपसे कि हम घर नहीं जा पाये... दो –अढ़ाई साल से...

इंस्पेक्टर भिंडे : तो का फरक पड़ता है ससुर! देख जो भइया लोग आता ना इधर... मुम्बई, नोट छापने...पइसा बनाने...उधर अड़ोसी–पड़ोसी उनके घर में छापता फटाफट...फटाफट नोट...! *(हाथ से इशारा करता है)*

They all burst again into a loud laughter.

सिपाही : *(पीछे से)* वो सर, छपरा का चौकीदार ...मुरारीलाल, छह साल से इधरिच है। धरावी में टपरा डाल के रहता है...छह साल में बिना मेहनत तीन बच्चों का बाप बन गया रे स्साला...

सिपाही पाण्डे : श्रमदान...श्रमदान किया गाँव के लोगों ने...*(सब बहुत ज़ोरों से ठहाका लगा कर हंसते हैं। जीप अचानक झटका खाकर रुक जाती है। सब चुप हो जाते हैं। ड्राइवर गाड़ी सँभालता है। इंस्पेक्टर भिंडे के हाथ से उसका बड़ा–पाव गिर जाता है।)*

7C. EXT. ROAD–NIGHT

From far we see that it is really a police jeep driving with urgency on a deserted road late in the night, with a red light flashing away on top in full glory. Inside, it is the usual camraderie of course.

(OFF SCREEN)

इंस्पेक्टर भिंडे : माड़डाल्ल्ला...साला! देख के चला...! अब्भी तो खल्लास था सारा पोलिस पार्टी। कल खबर छपता कि नक्सलाइट ने मारा... जोशे मोहम्मद...अल कायदा ने मारा... भो... के...!!

असिस्टेंट हैदर

जाफरी : *(ड्राइवर से)* राइट लेन पे मोड़ ले। आगे रेड लाइट से लेफ्ट लेना ...ओ.के...?

7.D. INT. INSIDE POLICE VAN–NIGHT

ड्राइवर : आप बेफिकर रहिए जाफरी साहेब...सारा रस्ता हमको पता है... क्यों साब कोई मर्डर है कि चोरी–चकारी का मामला है...?

असिस्टेंट हैदर

जाफरी : मर्डर है...! ...कतल...!!! ...गोली मार दिया घर के भीतर...

सिपाही : भिंडे साब, ये मुम्बई स्साला बसने के माफिक नहीं रहा...। किसी के साथ कुछ भी हो जाये...बैंचो कोई बोलने को तैयार नहीं...

दूसरा सिपाही : ... अरे वो लोकल वाला केस...। कोई मुँह खोला क्या? बारा साल की छोकरी को ट्रेन के डब्बे में स्साला वो ठोक बजा के चला गया...सब देखते रहे साले...

इंस्पेक्टर भिंडे : *(बडा–पाव का आख़िरी बचा हुआ टुकड़ा मुँह में ठूँसता है और गाने की कोशिश करता है)* ...ये तो पब्लिक है...ये सब जानती है...पब्लिक है...!! *(हँसता है)* अरे जाफरी...मैं बताता तेरे को, उस डब्बे में एक आध की तो पेंट भी साली गीली हो गई होगी...

They all burst out with vulgar laughter.

7.E. EXT. OUTSIDE MULGAONKAR BUILDING –NIGHT

Police van stops at the building.

Inspector Bhinde, gets down first, immediately followed by his assistant Haider Jafri, who is younger. Others too jump out from the rear side of the van.

8. INT. MULGAONKAR FLAT BEDROOM–NIGHT

Inspector Bhinde enters the room, followed by the Policemen.

Inspector Bhinde stands at the side of the bed and watches the scenario carefully.

The woman is standing near the dressing table. Krishnamurti, a middle aged south Indian, with little imprudent and stupid look, is there at the side of the table.

As his look passes across each character and object in the room, it stops at Krishnamurti's face.

इंस्पेक्टर भिंडे : ...आप कौन हैं सरकार जी? *(गौर से उसे देखता है)* हादसे के बख्त तुम इसी जगह पर खड़े थे...ऐसा ही पोजीशन में...,?

Jafri enters the room.

जाफरी : ...कोई पार्टी–सार्टी चल रहा था शायद भिंडे साब। उदर किचेन में सोडा बाटल ...चिकेन टिक्का, सलाद...देखा मैंने...

इंस्पेक्टर भिंडे : *(घूम कर औरत को देखता है)* ...और आप मैडम जी, पार्टी अटेंड करने आयी थीं? किदर से आना होएला...?

औरत : मैं उनकी मिसेज़ हूँ...।

इंस्पेक्टर भिंडे : किसकी? किसकी मिसेज...? वो सरकार जी, जो दारू की बोतल के पास खड़ा उदर टेबिल के बाजू ..., उसकी मिसेज...

औरत : *(गुस्से के साथ)*...तमीज नहीं तूम पोलीस वालों को बात करने का...। हमारा आदमी का मरडर हुआ...हमारी आँख के सामने... अब्भी एक घंटा पहले...*(रोने लगती है)* और तुम ऐसा बोलता है...?

इंस्पेक्टर भिंडे : *(चौंक जाता है)* ...तुम्हारी आँख के सामने हुआ मर्डर? ...*(ज़ोरों से)* जाफरी, बयान कलम बन्द करो मैडम जी का...*(फुसफुसा कर)*...चश्मदीद गवाह...

Jafri moves hurriedly to the woman, takes out a pen from his pocket in one hand and a notepad in the other. A cop also reaches with a tape recorder and directs it close to the face of the woman.

Woman gets angry at this.

औरत : ये क्या तमाशा है? तुम लोग पोलीस है कि कोई सरकस कम्पनी से आयेला इदर...

Suddenly she runs towards the dead body and in a state of high emotions, she shouts:

औरत : ...लिक्खो, तुम लोग मेरा नाम...लिक्खो...! ...सुशीला मुलगाँवकर...! पूरा नाम मिसेज़ रोहितलाल सुशीला मुलगाँवकर। ...और ये है वो रोहितलाल मुलगाँवकर...जो लेटा है इदर...इस बिस्तरा पे...ये है मेरा हज़बेंड...

She bursts out in terrible sobs.

इंस्पेक्टर भिंडे : *(संजीदगी के साथ)* ...ओह...! एमोशन... एमोशन...! थोड़ा कंट्रोल माँगता...! मैडम पोलीस आपकी मदद वास्ते आई इदर। देखिए...आपने कहा...मेरी आँख के सामने हुआ मर्डर...! अब्भिच्च कहा ना?

सुशीला : हाँ कहा...! मेरी आँख के सामने हुआ...मैंने देखा अपने हजबेंड को मरते हुए...

इंस्पेक्टर भिंडे : *(गहरी आवाज़ में)* ...ठीक है...! ठीक है! ...*(वह खिड़की के बाहर झाँकता है फिर पलट कर सोचता हुआ पूछता है)*

जब से मरडर हुआ, उस टाइम के बाद कोई आदमी इधर रूम के बाहर निकला क्या...?

सुशीला : *(सोचते हुए इनकार में सिर हिलाती है)*

इंस्पेक्टर भिंडे : ठीक से सोच कर बताओ...मैडम...!! कोई गया इदर से बाहर को...?

सुशीला : *(दुबारा इनकार में सिर हिलाती है)*

While she nods, a sharp flash of a still camera falls on her.

Her still picture in black and white is frozen with the shutter's sound.

With another still frame of the dead body, the photographer Saxena is shown taking photographs from different angles–

- Dead man's hands suspended near his shoes.
- His left hand, gripping bed sheet.
- The local train season ticket, showing 'Borivali to Mumbai Central'.
- Krishnamurti beside whiskey bottle on the table.

9. INT. BEDROOM–NIGHT

Inspector Bhinde stares at Krishnamurti as he shuts the drawer he had opened, takes a turn and says:

इंस्पेक्टर भिंडे : *(आगे बढ़ता हुआ)* मेरे भेजे में एइच बात चक्कर मार रही ...कि...अगर कोई आदमी मर्डर के बाद इस रूम के बाहरिच नहीं गया...और ये मैडम जी इस मुर्दे का वाइफ है...तो फिर कातिल वो क्यों नहीं है...जो स्साला इधर पे एक्स्ट्रा मौजूद है...*(गहरी आवाज़ में)*...एक्स्ट्रा...!!

Krishnamurti gets a fright in reaction. Everyone is astounded.

Inspector Bhinde takes very firm steps and stands just before Krishnamurti, who is quivering out of fear and shock.

Saxena leaves the room.

Sushila stands beside the bed.

इंस्पेक्टर भिंडे : ...हूँ...*(राज़ भरे अन्दाज़ में मुस्कुराने की कोशिश करता हुआ)*...तुम कौन हो...?

कृष्णामूर्ति : *(घबराहट में)* सर...आई एम...टी के एस एस आर कृष्णामूर्ति सर...

इंस्पेक्टर भिंडे : *(डाँटते हुए)* मैंने तुमसे अल्फाबेट नहीं पूछा...*(उसे घूरते हुए)* अरे...हू...आर... यू...!!!

कृष्णामूर्ति : सर हम बाजू... वाला फ्लैट में रहता। फ्लैट नम्बर सी–45...तीसरा माला...! मैडम हमको जानता है अच्छी तरह से...। हम फेमिली मेम्बर का माफिक है सर...

इंस्पेक्टर भिंडे : हूँ...फेमिली मेम्बर...!!...तुम मौजूद था यहाँ मर्डर के टाइम पे...?

कृष्णामूर्ति : नहीं सर...! नहीं...सर...हम बाद में आया। हम अब्भी आया...कोई पन्द्रा मिनट पीछू...

इंस्पेक्टर भिंडे : ओह...*(कुछ कुछ समझता हुआ)* तुम इन लोगों को कब से जानता है...?

कृष्णामूर्ति : ये कोई ग्यारह–बारह साल से सर...

Every one is silent. Ludicrous south Indian Krishnamurti stands puzzled, staring foolishly around. Sushila is in dilemma, Bhinde is thoughtful, Jafri is taking notes on his pad.

A policeman points towards the window, which is wide open. Curtain moving with the wind.

Camera moves out from the window, stays on the building opposite, in semi-darkness and tilts down to the road below.

Just then an ambulance arrives before the house. Three-four persons get down from the ambulance holding a stretcher.

10. INT. DRAWING ROOM–NIGHT

Jafri's hands holding an album as he hands it over to Inspector Bhinde.

(OFF SCREEN)

जाफरी : भिंडे साहब ! ये मिला है। उस अलमारी में से...

Sushila is sitting on the sofa, looking perturbed. Krishnamurti stands in the corner.

Inspector Bhinde takes the album and starts turning its pages.

Beautifully photographed stills of a young man and a woman in different locations.

He turns the folio to see another photograph. Here is a man, a beautiful woman and a small girl of around 6 yrs of age.

He asks Sushila.

इंस्पेक्टर भिंडे : मैडम...ये किसका फोटोग्राफ है...?

Sushila appears worried. She says, with effort–

सुशीला : वो मेरे हज़बैंड हैं...और वो है टीना...हमारी बेटी।

इंस्पेक्टर भिंडे : *(सोचता हुआ)* ये हज़बैंड और ये बेटी...तो फिर...ये कौन है? ये औरत?

सुशीला : *(हिचकिचाहट के साथ)* ...वो उनकी वाइफ है...विनीता मुलगाँवकर...!

She seems to be troubled.

In the background, ambulance crew is taking out the dead body, wrapped in a white sheet, on a stretcher.

Krishnamurti takes a chance now to move out of the room following stretcher. But Bhinde notices this, smiles mysteriously and says in a firm voice.

इंस्पेक्टर भिंडे : कहाँ...? कहाँ...मेरी जान...?...कहाँ चले आप...? *(अचानक सख़्त आवाज़ में)* इस फ्लैट के बाहर कोई नहीं जायेगा...बिना इंस्पेक्टर भिंडे के परमिशन के...! जाफरी, नजर मार के रखना...सब पे...बाज का माफिक...

Krishnamurti is petrified and stands still where he was.

Sound of the ambulance leaving is heard.

जाफरी : येस भिंडे साहब...। *(रुक कर)* वो व्हिस्की का बोतल जायेगा सर, फोरेंसिक टेस्टिंग के वास्ते...? पैक करा दें...

इंस्पेक्टर भिंडे : हाँ, वेरी गुड जाफरी...! लोकेशन पैक करना सीख गया तू...स्साला! *(हँसता है)*

जाफरी : *(राज़दार अन्दाज़ में)* भिंडे साब, साला सब कुच्छ डाउटवाला लग रहा इदर पे... मेरे को तो मामला कुछ–कुछ टू इन वन का माफिक...

Inspector Bhinde turns his look towards the wall. There is a photograph of a couple –the woman shown is Sushila.
Inspector Bhinde mutters–

इंस्पेक्टर भिंडे : ...*(जोर से)* कितना एज है तुम्हारा मैडम जी...?

सुशीला : तीस साल...

इंस्पेक्टर भिंडे : और तुम्हारा हज़बैंड का उमर...?

सुशीला : यही कोई...सैंतालीस...

Inspector Bhinde walks to the centre table and picks up the album again. He turns the folio and sees another photograph: Man, another woman and a 6yrs old girl.

इंस्पेक्टर भिंडे : ...अगर ये औरत...! क्या नाम बताया था इसका...?

सुशीला : *(चेहरे पर परेशानी झलक रही है)* ...विनीता मुलगाँवकर...

इंस्पेक्टर भिंडे : ठीक...! तो ...अगर ये औरत, उस आदमी का वाइफ है, जिसका मर्डर हुआ...तो तुम इस फ्लैट में क्या कर रही हो ? एंड हू आर यू...?

He walks slowly and closes the door from inside. All policemen are attentive to the movements of Bhinde.
Sushila finds herself in trouble. She looks nervous.

सुशीला : ...*(अटकते हुए)*...वो उनकी पहली शादी थी। मेरे साथ उनने दूसरी बनाया...बारा साल पीछू...

इंस्पेक्टर भिंडे : तो पहली वाइफ कहाँ पे है? तुम जानता है उसका एड्रेस...?

सुशीला : ...वो अब नहीं है...!

इंस्पेक्टर भिंडे : ...करता क्या था तुम्हारा आदमी...?

सुशीला : *(आँखों में आँसू, परेशानी और गुस्सा)* Bank mein...नौकरी...करता था,...कभी. छुट्टी नहीं लिया...

(उठ कर अन्दर जाती है। उसका जोर जोर से बोलना जारी रहता है। अन्दर से अलमारी के खोलने और बन्द करने की तेज आवाज आती है। सुशीला बाहर निकल कर एक आइडेंटिटी कार्ड गुस्से के साथ इंस्पेक्टर भिंडे को पकड़ाती है)

...बुखार होता था तब भी दफ्तर जाता था। एक रोज भी काम से नागा नहीं किया उसने। ठीक सबेरे साढ़े सात बजे निकलता था और दस बजे घर पर होता था...अपने बिस्तरा पर। ओइच बिस्तरा जो तुमने देखा उदर...।...महीने की ...पहली तारीख को सारा सैलरी मेरे हाथ पे रख देता था।...मैं देती थी उसे लोकल का भाड़ा और चा–सिगरेट का पइसा...

(अपने कमर से सौ–सौ रुपये के नोटों की वही गड्डी निकाल कर जोरों से फेंकती है)

...ये देखो, आज महीने का पहला तारीख है न..., ...ये मेरे को उसने आज ला के दिया मरने के दो मिनट पहले...!

गिन लो...पूरा दस हज्जार होएगा...! न एक पइसा कम न एक पइसा ज्यादा...!

(जोरों से रोने लगती है और सोफे पर निढाल होकर बैठ जाती है)

बहुत नेक...बहुत सच्चा...बहुत खरा आदमी था वो। मैं लड़ जाती थी उससे...लेकिन... कभी भी ऊँचा गला से नहीं बोला वो मेरे से...

जाफरी : ...भिंडे साब, ये आईकार्ड बारह साल पुराना है...! नाइनटीन नाइनटी...बैंक आफ महाराष्ट्रा...बोरीवली ब्रांच...,.नाडियावाला बिल्डिंग, दूसरा माला, लेन नम्बर चार...

इंस्पेक्टर भिंडे : *(वापस कार्ड को लेकर देखता है)*... बारा साल से नौकरी नहीं बदला वो...? *(मुस्कुरा कर)*...पर बीवी बदल लिया... *(फुसफुसा कर)*...नेक आदमी...!!

Inspector Bhinde looks at the identity card again and puts it in his pocket. He moves swiftly to the door, opens it and turns to say in a firm voice.

इंस्पेक्टर भिंडे : ...चलो सब लोग। लोकेशन पैक...! *(सुशीला से)* ...और मैडम सुनो? ...यू आर अंडर विजिलेंस...

(फिर कोने में चुपचाप खड़े कृष्णामूर्ति को देख कर मुस्कुराता है)...और तुम भी सरकार जी...! समझा...?

11. EXT. MULGAONKAR BUILDING–NIGHT

A top angle shot.
Inspector Bhinde and other cops get inside the van and it goes off blowing its horn with revolving signal lights.
Crowd watches it.

12. EXT. ROAD–NIGHT

Van goes and takes a right turn. As it disappears, shot stays at the same frame for sometime, showing the turning point from where the police van had taken the turn.
Suddenly headlights are seen again at the same place and van rushes with glaring headlights towards the house.

13. INT. MULGAONKAR FLAT–NIGHT

Sushila is sitting alone on the sofa.
When the sound of a jeep comes, she looks out of the window of the flat.

14. EXT. MULGAONKAR BUILDING–NIGHT

Jafri jumps out off the cab and he rushes into the building.

15. EXT/INT MULGAONKAR FLAT–NIGHT

Jafri pushes open the door forcefully and barges inside.
Sushila stands in changed garments.
Jafri is breathing heavily.

जाफरी : *(हाँफता हुआ)* माफ करना मैडम जी...!... आना पड़ा...!

In a swift action he pushes her aside and barges inside the room.
Jafri is poking all places in skeptical manner.
Finally he stops in the bedroom, exactly at the window which is still wide open. He carefully looks. There is darkness outside. There is a slight movement for a fraction of moment as a shadow has passed.
Jafri asks in a husky voice.

जाफरी : ...मैडम...! वो तुम्हारा बेटी किधर है...?

सुशीला : *(गुस्से में)* ...यही पूछने के लिए तुम फिर आया इदर पे लौट के?...*(गुस्से में)* वो नहीं है घर पे...!

जाफरी : कहाँ है वो...?

सुशीला : वो काम से अभी लौटी नहीं...।

जाफरी : क्या काम करती है वो...? *(रुक कर)*... इतनी रात तक...?

सुशीला : ये उसी से पूछना कि क्या करती है? किदर जाती है? मेरे से तो बोलती है कि

वीटी के पास जेम्सन्स ज्वेलर्स के शॉप में काम करती है।... सेल्स एंड मैनेजमेंट का...

Jafri takes out a pen from his pocket and jots down something on his writing pad. He mutters thoughtfully.

जाफरी : टीना...टीना मुलगाँवकर...! यही नाम बताया था न ? *(सुशीला हाँ में सिर हिलाती है।)* ...जेम्सन्स ज्वेलर्स, नियर वीटी...सेल एंड मैनेजमेंट...*(नोट बुक बन्द करता है। पेन अपनी जेब में रखता है और सुशीला को देख कर कहता है)* वैसे इतनी रात न तो कोई ज्वेलेरी का शॉप खुला होता है, न कोई मैनेजमेंट का काम होता है...! *(घूरते हुए)* उजाले के काम इतने अँधेरे में नहीं होते मैडम...

16. INT. MUMBAIYA BEER BAR–NIGHT

Tina and Bunty's table. Waitress puts tray with beer and snacks on the table.

टीना : अच्छा तू ये तो बता कि तू मेरे को ले के क्यों आया इदर पे...?

बंटी : *(मुस्कुरा कर हाथ उसके कँधे पर रखता है)* अच्छा, चल ...तू पहले ये बता कि आज तारीख कौन सा है ?

टीना : क्या सड़ा सा सवाल पूछता तू...! आज पगार का तारीख...! पहली तारीख...कोई बी बता देगा...

बंटी : *(उसे अपनी ओर खींचता है)* टीना...आज मेरा बर्थ डे है...! मैं लाया तुझे खाना खिलाने...! अच्छा बोल तू मेरे को पसन्द करती ना?...बोल ...?

टीना : *(चुप रहती है)*

बंटी : बोल ना...!

टीना : मेरे को नहीं पता...!

बंटी : चल...चल...अब बन रही तू!

टीना : *(कुछ नहीं बोलती। मुस्कुराती है।)*

बंटी : ए...थोड़ा–सा सेलिब्रेट कर ले न मेरा बर्थ डे...?

He pulls Tina towards him. It appears Tina is carried away by his words. She doesn't object to his moves this time. He kisses her.

बंटी : बियर पी ले ना थोड़ा–सा। देख मैं तेरे को व्हिस्की के लिए नहीं बोलता ना? बियर एकदम फर्स्टक्लास होता है। दारू नहीं है ये...समझी...?

टीना : *(अपने होठों को रूमाल से पोंछती है)* मैं नहीं पीती कुच्छ भी। बियर–फियर...। पापा ने मेरे को मना किया है। *(रुक कर। अटकती हुई।)*...तू और तरीके से मना ले ना अपना बर्थ डे...!!

बंटी : *(गहरी निगाह से देखता है)* ...और किस तरीके से बोलती तू...!

टीना : मेरे को नहीं मालूम!...तू बोल ना...।

बंटी : *(हँसता है)* ...ए...कित्ता अच्छा तेरा नाम है...? टीना...किसने रखा ये तेरा नाम...?

टीना : पापा ने...।

बंटी : तो...तो...? मनाएगी ना मेरा बर्थ डे... आज...? कि पापा से पूछेगी...? अरे बड़ी हो जा...बड़ी!

Tina is looking down, blushing.

Suddenly a middle-aged man, stout and well built, is seen making gestures to Bunty. Bunty is unnerved.

Bunty leaves the table and reaches to him.

आदमी : *(खरखराती हुई आवाज़)* तेरा थोबड़ा दिखा नहीं बहुत दिनों से। किदर गया था अक्खा दिनां से? चल ...! आ मेरे पीछू...

The stout man walks to the bar counter. Bunty follows him resentfully.

बंटी : *(डरता हुआ)* इदर ही तो था मैं दोसा भाई।

The man reaches the bar counter and orders the barman in a commanding tone.

आदमी : ए...दो एक्स्ट्रा लार्ज मार इदर...। सोडा के साथ।

The barman pours two large pegs and then soda. The stout goon hands it over to Bunty. He reluctantly accepts it.

आदमी : सूंट ले जल्दी से।

Tina sitting alone at her table with innocent and childlike look on her face.

Voice of the man is heard over her shot.

ये नयी फँसा के लाया...? बहुत एक्सपर्ट है रे तू साला। बोला मैं तेरे को कई बार, ये स्साला फ्री लांसिंग छोड़ के पगार पे ज्वाइन कर ले। मौज करेगा।

Tina is looking around a little uncomfortably.

निबुड़ा ...नि। कइसी तो आँख है इसकी ...साल्ला...माड्डाल्ला रे...*(हँसता है)*

The beauty and adolescent charm of Tina.

Back to the man and Bunty.

आदमी : *(मुस्कुरा कर)* अभी तक इसे अपने नीचे से छत और पंखा दिखाया कि नहीं?

बंटी : दोसा भाई, बात ये है कि...कि...

आदमी : *(एक ही घूँट में सारी व्हिस्की पी जाता है)*...

There is a sudden change in his expression – a mad contorted look.

आदमी : *(जोरों से)* ...ए बंटी...! स्साला बड़ा दोसा के सामने कोई बात नहीं होता ...! क्या ...? बोल, उठा लें। पिछली वाली का माफिक...?

बंटी : दोसा भाई, नहीं समझा आप! वो वैसा चक्कर नहीं है कसम से। क्या है कि मेरे को रहम आता इस पर। पता नहीं क्यों !

आदमी : *(चौंक कर)* देख बंटी ! धन्धे में रायता फैलाना अपन को बरदाश्त नहीं...! क्या...? भूल गया वो सलीम का किस्सा...? किदर है वो हीरो...? स्साला आशिक का

औलाद बैंचो...। पड़ी होएगी उसकी बॉडी किसी मेन होल के अन्दर! पता तेरे को, धन्धा करती उसकी बहन आज...।

बंटी : *(डर कर चापलूसी करता हुआ)* देखो गलत मत लो दोसा भाई मेरे को...! वो क्या है कि आज उसको बर्थ डे का बोल के लाया इदर! आतिच ही नहीं थी।... पापा ने मना किया...पापा ने मना किया... तोता जैसा रटती थी स्साली...!

आदमी : किसका बर्थ डे है रे आज...?

बंटी : *(एक आँख दबा कर)* मेरा...मेरा बॉस...! मनाएगी वो आज मेरा बर्थ डे...

His look is terrifying as he shouts loudly.

आदमी : हैप्पी बर्थ डे टू राजू...बंटी...!! हैप्पी बर्थ डे...ए...ए...ए...टू...यू...ऊ...ऊ...

Innocent face of Tina. She is staring at them with all her gullibility.

17. EXT. OUTSIDE BAR–NIGHT

Bunty starts his mobike; Tina sits on the back holding on to him.

They go, the tail-light of the bike goes further and further away.

18. EXT. RAILWAY PLATFORM–NIGHT

Few passengers are waiting for the local train as it is late in the night. Bunty and Tina are seen parting.

Local train stops at the platform. Tina boards it. Bunty stands there as the train leaves.

19. INT. MOVING TRAIN COMPARTMENT–NIGHT

The lonely girl Tina is sitting near moving train's window.

There are few weird men inside the compartment. They look horrifying. Tina is uncomfortable.

C.S. of those fearsome faces, burning with lust and desire.

एक : क्या टाइम हुआ है?

दो : *(खरखराती हुई आवाज़)* बारा बज गये...!!

तीसरा : *(अपनी घड़ी को देख कर)* चार मिनट ऊपर...!

They don't show any expression except frightening stone-dead look.Outside window, is Mumbai city- deserted.

Unnerved, Tina suddenly gets up and walks towards the gate. Male eyes are fixed on her moves. One of them gets up and follows the girl. He stands just behind her at the door. Train is still moving.

Tina looks behind- she is frightened.

20. EXT. RAILWAY PLATFORM–NIGHT

Train stops at a platform.

Tina gets down and walks hurriedly without ever looking back..

21. EXT. OUTSIDE THE HOUSE OF MULGAONKAR–NIGHT

Jafri and Pandey hiding in a safer place, behind a wall *(or a bush)* and keeping a vigil on the haunted house.

They talk in whispers. Pandey is very attentive to him.

जाफरी : भिंडे सर की बात मेरे भेजे में नहीं घुसती पाण्डे...। अरे साला जाँच–फाँच की क्या बात है...? मामला साफ है...एकदम काँच का माफिक...

पाण्डे : जाफरी साब, एक बात बोलूँ? अपने भिंडे साहब ना, ससुर कछुआ के माफिक रेंगते हैं।

जाफरी : पाण्डे, मैं तो उस मुलगाँवकर का चेहरा ही देख कर समझ गया था कि बेचारा फँस गया तिरिया चरित्तर के चक्कर में...! *(फुसफुसा कर)* ऐसे रो रही थी साली जैसे वाकई दुखी हो...! दारू पिला–पिला के पालतू कुत्ता बना लिया था हरामजादी ने...

पाण्डे : आप होते न साहेब, भिंडे साहब की जगह ...तो मामला फटाक से सुलझता...। दबोच लेते ससुरी को अपनी जाँघ के नीचे...!

जाफरी : अरे, अपने से बीस साल छोटी औरत घर में लाकर खुद गले में फन्दा डालने की क्या ज़रूरत...?

पाण्डे : *(जेब से क्वार्टर निकाल कर एक घूँट मारता है)* हमें देखिए। जोरू को मरे

ससुरी छह साल हो गये! कोई कमी नहीं। सब फिट–फाट! अरे, दूध पीना है तो पियो ससुर छक कर...फालतू में गाय–गोरू घर में पालने का लफड़ा क्यों...?

जाफरी : *(पटाते हुए)* ...ए पाण्डे, कितनी गइयाँ है रे तेरी...? देख झूठ मत बोलना साले...!

पाण्डे : *(शरमाता हुआ)* ...क्या है कि...ज्यादा नहीं, बस तीन ठो हैं। एक तो ससुरी पिछले महीने भाग गयी। किसी काम की ना थी जाफरी साहेब...! जितना भी खिलाओ... इधर–उधर मुँह मारने से साली चूकती ना थी...! हमने भी साले को पुलिसिया डंडे से खूब फोड़ा...। दो बार तो अस्पताल में भरती हुई ससुरी...चार पसलियाँ फ्रैक्चर... *(हँसता है)* फालतू हो गयी थी जाफरी साहेब...साली इंडिया गेट!

जाफरी : *(उँगली को होठों पर रख कर चुप रहने का इशारा करता है)* ...चुप! उधर देख...

Pandey turns to see towards that direction, Jafri points.

A Lancer car comes inconspicuously and stops at a secluded place. Its headlight is off.

Camera shows it to intensify mystery. Tinted window screens.

जाफरी : *(फुसफुसा कर राज़ भरे अन्दाज़ में)* ...पाण्डे, मालूम तेरे को...कौन है कार के अन्दर?

पाण्डे : *(घबराया हुआ है)* ...अपने को क्या पता साहेब! अपन नाक की सीध पर चलते हैं और ड्यूटी बजाते हैं...
जाफरी *(गुस्से में)* अबे, चोप्प...! धीरे बोल...! *(फुसफुसा कर, जैसे अपने आप से बात कर रहा हो)*... भयंदर...? गली नम्बर सात, बारा, तीन, ...ईस्ट पेट्रोल पंप, विनायक टेंपल के आसपास, रिहायशी कालोनी, फ्लैट थर्टीन बटा सिक्स, एट बटा फोर...कालपा देवी...

पाण्डे : साब, ये कौनो कम्प्यूटर का कोड है कि मन्तर...

जाफरी : *(डाँट कर)* अबे चोप्प साले यूपी के भइये...! हगने–खाने और बीवी की जाँघ में मूतने के अलावा कुछ आता भी है...?... *(खुशी के साथ)*...बहुत बड़ा कैच मिला है आज! बड़ा दोसा, छोटा गुड्डन, जलेबी इन्दौर, मटका किंग, तीसरा गुफरान...ये इन्हीं का इलाका है। पक्का इस कार में साला इनमें से कोई न कोई है।

पाण्डे : *(घिघियाता हुआ, खुशामदी लहजे में)* ...अरे छोड़िये साब! अपन को क्या? *(जेब से क्वार्टर दुबारा निकालता हुआ)*...लेंगे ...एकाध घूँट! *(काँपता हुआ)* आज साली ठण्ड कुछ ज्यादा ही है...

जाफरी : पाण्डे! दोनों का प्रोमोशन होगा! वो आजतक और स्टार न्यूज में इंटरव्यू...!! भिंडे साहब बस यहीं भयंदर में पड़े–पड़े

भिनभिनाते रहेंगे...! स्टार लगेगा साला हमारी बर्दी पे...!

पाण्डे : *(बिल्कुल बदला हुआ लहजा)* ...कमाल का टैलेंट है जाफरी साहेब आपका...! एकदम्मै कम्प्यूटर...!

जाफरी : चलो...क्विक...!

Jafri takes out his service revolver from his holster and holding firmly on his right hand moves guardedly towards the Lancer.

Pandey follows him discreetly holding his baton firmly by both hands.

Close shots of their movements and faces intersected with car's shots.

While Pandey and Jafri are moving towards the car, Tina enters the frame and goes to the Mulgaonkar building. They fail to take notice of her.

Jafri and Pandey start crawling as they come closer to the car.

Jafri takes a jump and holding his revolver pointed to the window screen of the car shouts loudly…

जाफरी : *(जोरों से)* बाहर निकलो!!

Pandey strikes from the other side window. He hits his baton on it. A woman shrieks inside the car.

A film actress comes out of the car quickly followed by a fat, big tummy droll man.

The fat man quickly takes out his wallet, picks up a visiting card and offers it to Jafri.

Jafri and Pandey are taken a back.

मोटा आदमी : हंज्जी ! इंस्पेक्टर...! येल्लो जी पकड़ो साड्डा विजिटिंग कारड! ...हैप्पी टु सी यू जी...। बड़ी खुशी हुई जी आप से मिलके। हंज्जी...हंज्जी...! आयम के.एल. अरोड़ा...

एक्ट्रेस : *(मुस्कुराते हुए)* आप लोगों ने इनकी सुपरहिट फिल्म जरूर देखी होगी ...कुच्छ न कुच्छ तो होता ही है...

मोटा आदमी : हंज्जी...हंज्जी...! मेरी अगली फिलम में ये हीरोइन हैंगी जी। ...टाइटिल है... वो सारा कुच्छ तो हो गया...! वो क्या है दरोगा जी ...कि ...इदर हम कार के अन्दर कांट्रैक्ट साइन कर रहा था जी...! हंज्जी ...

एक्ट्रेस : *(अदा के साथ मुस्कुराती हुई)* ...हंज्जी ...हंज्जी...जाफरी : *(होश खो चुकने के आलम में)*...हंज्जी...हंज्जी...हंज्जी...

22. INT. MULGAONKAR FLAT–NIGHT

Tina reaches to the door of her flat.

Door of the flat is semi open. She pushes it and peeps inside.

Sushila is seen sitting on a corner, back to the wall, on carpet. Her face is down.

Camera pulls back to bring in Krishnamurti, sitting on sofa, looking constantly towards Sushila. Shot stays for a moment.

Tina barges inside.

टीना : *(जोरों से)* क्या हो रहा है यहाँ?

No one answers her. She is amazed. Anger writ large on her face.

टीना : मैं पूछती...क्या हो रहा इदर...!

(कोई जवाब नहीं देता। टीना के चेहरे पर परेशानी और चिढ़ झलकती है)

टीना : मैं बोलती...मुँह क्यों सिल रखा तुम लोगों ने ? ...और ये कृष्णामूर्ति इदर पे क्या कर रहा है आधी रात...? *(जोरों से)* क्या कर रहा है ये इदर...? मैं पूछती...

(खामोशी)

टीना : *(पूरी ताकत से चीख कर)* बहरा हो गया तुम लोग? पापा किदर को हैं? किदर को हैं पापा...?

Sushila raises her face up for the first time and looks at her without any expression. Stone-facedly.

टीना : *(आवाज़ धीमी हो जाती है)* मैं बोलती... पापा कहाँ हैं...?

Krishnamurti raises his right arm a little up and points his finger in the direction of the bedroom.

Door is closed.

Tina stops for a while at the door-step and then suddenly opens the door with a bang.

Ominous sound, as if wind is rushing through a tunnel. Tina's eyes are wide open in shock.

Camera moves in to the empty double bed. Bedsheet crumpled, with spots of blood.

Tina stands in fear and shock.

टीना : *(फुसफुसाती है।)* ...पापा...पापा...!!...पापा...

Camera explores the room. Window is open. Curtain moves with the wind.

Tina collapses down as if she has lost her balance and power.

Smooth transition to flashback images in sepia or blue tints.

These scenes and images of the past dissolve on to the face of Tina, sitting on the floor and crying in hick ups.

23. INT. POLICE STATION CORRIDOR–LATE NIGHT

Inspector Bhinde throws his cap on the table and sits lousily on the chair. He looks tired. Assistant Jafri, followed by Pandey enter and go inside the room. Bhinde looks around.

इंस्पेक्टर भिंडे : *(आवाज़ लगा कर)* पाण्डे जी...! ओ... पाण्डे...!!

(एक दुबला सा कांस्टेबल आता है। भिंडे उसे देख कर आँखें नचाता है।)

है कुच्छ...? माल–टाल?

सिपाही : छोटेलाल पहुँचा गया था साब। दो ठो है।

इंस्पेक्टर भिंडे : फुल है कि...

सिपाही : फुल है साब। लाऊँ ?

इंस्पेक्टर भिंडे : जाफरी साहब को आने दो। थका है बेचारा।

(रूम के अन्दर से जाफरी की आवाज़ आती है)

जाफरी : आप ले लो भिंडे साहब। हम नहीं लेंगे आज...!

इंस्पेक्टर भिंडे क्यों क्या हो गया जाफरी। *(हँसता है)* लोकेशन का माल तो रास्ते में नहीं सूट लिया रे। क्या...?

(जाफरी बाहर आता है)

जाफरी : मूड नहीं हो रहा भिंडे साब आज। स्साली क्या दुनिया है बैंचो। किसी पर भरोसा नहीं रहा। बहुत मर्डर देखे मैंने आज तक ... लेकिन स्साला कैसा चेहरा था उसका मुलगाँवकर का... |... खोपड़ी के बाहर ही नहीं निकलता...

इंस्पेक्टर भिंडे : इसीलिए तो बोलता मैं। टेंशन मत पाल। वो छोटेलाल दे गया है। थोड़ा–सा सूट लो, भेजा सही हो जायेगा...

जाफरी : *(बगल की कुर्सी पर बैठ जाता है)* उसकी बीवी का बात घूमता है मेरे भेजे के भीतर। बारा साल से एक छुट्टी तक नहीं माँगा। रोज़ सबेरे सात बजे जाता ...नौकरी बजाने और साला पालतू कुत्ता के माफिक दस बजे लौट के आ जाता...

अपने घर। महीने की पहली तारीख को पूरा पगार रख देता था बीवी के हाथ पर। न साला किसी से झगड़ा किया लाइफ में, न किसी से ऊँचा बोला।

Constable comes and places two glasses on the table.

पाण्डे : फ्रूट जूस साब। *(शरारत के साथ मुस्कुराकर)* ...मिक्स फ्रूट जूस।

इंस्पेक्टर भिंडे : अंडा नहीं लाया। *(हँसता है)* ...

पाण्डे : अंडा है ना साब।

Pandey takes out boiled eggs wrapped in a news paper and spreads it on the table.

Close shot of boiled eggs and fruit juice glasses.

इंस्पेक्टर भिंडे : कलजुग है जाफरी! पण्डित हो के अंडा लाता भी है और खाता भी है ये पाण्डे...

Bhinde picks up the glass and says.

इंस्पेक्टर भिंडे : ये हुआ न बात! ए सी पी भी आ गया इंस्पेक्शन में तो क्या? साला ड्यूटी में अंडा खाना और जूस पीना मना है क्या?

He laughs loudly, takes a big gulp and swallows an egg nauseatingly. Then he offers an egg to Jafri and says.

इंस्पेक्टर भिंडे : लो अंडा खाओ।

He pours a large peg again for himself and offers the other glass to Jafri.

He empties almost all of the glass in a single go, munches another egg disgustingly. Jafri looks at him in a repulsive way.

इंस्पेक्टर भिंडे : *(संजीदा हो कर)* ...देखो जाफरी, तुम्हारी खोपड़ी से नहीं निकलता न रोहितलाल मुलगाँवकर का चेहरा...! क्यों...? सोचा...? *(रुक कर)*...मैं पूछता क्यों?

(जाफरी चुपचाप उसे देखता है।)

इसलिए कि तुम भी और कुछ नहीं, एक रोहितलाल मुलगाँवकर ही है। अपनी फेमिली ...अपने घर का पालतू कुत्ता। गऊ जैसा आदमी। मैं भी ऐसा...और ये पाण्डे भी...। देखो, हम सब का सब साला मामूली आदमी। सब का सब रोहितलाल मुलगाँवकर...! साला...हम में से कोई वी आई पी नहीं। सारा फंडा साफ! मामूली, एकदम मामूली आदमी...! काम पे जाता और काम के बाद लौट के अपने खोपचे में घुस जाता...

He gulps another big chunk, stands up in a jerk, puts down the emptied glass back on the table and says.

इंस्पेक्टर भिंडे : *(संजीदा)* लेकिन एक बात याद रखो जाफरी...! किसी मामूली आदमी का कतल कभी नहीं होता। मर्डर उसी का होता है, जो स्साला कहीं–न–कहीं गैर–मामूली होता है। *(अंडा चबाता हुआ)* ...गैर–मामूली आदमी...!

Inspector Bhinde puts his cap back on his head moves to his mobike, rides on it and starts it with a kick.

इंस्पेक्टर भिंडे : और मेरी थ्योरी यही कहती है कि रोहितलाल मुलगाँवकर एक मामूली आदमी नहीं था। *(पॉज़, जाफरी और पाण्डे का चेहरा)* अगर होता, तो इस वक़्त वो लाश बन कर मुर्दाघर में न पड़ा होता, दारू पी कर अपनी जवान दूसरी बीवी के साथ मौज मार रहा होता...उसी बिस्तरा पर जिदर से अपन उसका डेड बॉडी ले के आया...

Inspector Bhinde drives out riding on his bike. Jafri and Pandey watch him from the corridor.

24. EXT.ROAD–NIGHT

A police-motorcycle speeding up on street.

DISSOLVE TO:

25. EXT. SEASIDE–NIGHT

Panoramic view of the sea in moonlight. Searchlight of a lighthouse is seen constantly moving on the sea surface.

We can faintly see a human figure far away sitting on a rock. It appears he is fishing, strangely late in the night.

Eerie sounds with subdued melancholic music.

Suddenly a weird man in silhouette appears from a side and walks in the man's direction. There is slight limp in his walk.

DISSOLVE TO:

26. EXT. SEASIDE, CHOWPATTY–DAY

CAPTION APPEARS : 'Two Weeks Later…'

Burst of colorful life on the beach.

Children, girls and boys, are playing in the sand. They laugh, quarrel, chase each other shouting and screaming, but their voices are indistinct.

Tina Mulgaonkar is looking around with a blank expression. She is in shabby clothes. Her hair is untidy and messy.

Vendors, crowd, pheriwalas and others at Chowpatty. Girls in a group, eating chaat and giggling– their sounds too are dim, muffled with distant echoes.

Bunty is beside Tina, watching like her.

टीना : *(उसके होठ थरथरा रहे हैं। आँखों में से आँसू छलकने लगते हैं)* ...बंटी...पापू ने ...*(हिचकी)* ...पापू ने किसी का क्या बिगाड़ा होएगा...? एइच बात...दिन रात ...दिन रात मैं सोचती...! *(रोने लगती है)* सो नहीं पाती मैं रात रात भर...

बंटी : *(कन्धे पर हाथ फेरता हुआ)* ...ए...तू फिर ...! फिर...! मैं बोला ना, जो हुआ वो तो होइच गया ना...। इत्ता दिल पे मत ले...

टीना : *(नाक सुड़क कर)* ...वो घर लगता इच नहीं कि वही घर है...जिदर मैं रही इत्ते साल...! पापा के जाते ही कैसा तो बदल गया सब कुछ...! मैं सोचती मैं आखिर जाती क्यों उदर अब...

बंटी : क्यों तेरी मम्मी है ना उदर...?

टीना : *(एक पल को खोयी सी रहती है)* बंटी, वो मम्मी नहीं है मेरी...! मेरा मतलब...जो पापा के साथ रहती वो मेरी छोटी मम्मी है...! मतलब...पापा ने दूसरी बनाया ना...

बंटी : *(कुछ सोचता हुआ)*...तो तेरी असली मम्मी किदर को है...? किसी और के साथ बैठी क्या...?

टीना : कैसा बोलता तू...? मैं चार साल की थी, जब वो मरी...

बंटी : तेरे को उसकी याद है...?...

टीना : *(आँख से आँसू पोंछ कर)*...हाँ...!...जब मैं रात में लेटती ना...! तो कई बार मैं आँख मूँद कर सोचती...! पूरा जोर लगा कर सोचती मैं...*(अपनी आँखें मूँद लेती है।)* तो वो मुझे दिखती...।...थोड़ा–थोड़ा दिखती...! ...बंटी मैं पहचानती कि वोइच मेरी मम्मी...है...!...

While Tina speaks, the still photograph, earlier seen in the family album, appears again on screen, where a small girl is seen with her parents.

FLASHBACK BEGINS

27. MONTAGE: TINA'S CHILDHOOD

A. It is a fair. A young girl of 4-5 yrs. old is seen swinging in a giant electrical wheel. She gets scared of the mighty swings and screams out of fear loudly. The father sitting on her side smiles and encompasses her onto his chest.

B. It is a shop. The young girl is crying for a doll and gets slapped by her mother. Father comes and picks her up and buys her the Barbie. In close shot Barbie shuts and opens her eyes and the small girl smiles pleased at this.

C. A very small girl of 1-1/2 yrs. of age is splashing water in front of her house. She gets scolded by her mother. Father comes and laughingly drenches her in mud. In close shot her face drenched in mud, smiling.

D. Mulgaonkar is walking near sea beach. A girl of 15-16 of age is seen with him. Suddenly they both start running towards the sea. Sea waves come and they fall down.

E. The girl of current age is sitting perturbed in her room. Mulgaonkar, her father comes holding a packet in his hands and gives it to her. The girl opens it. There are lots of birds and colorful balloons come out and start floating on sky.

28. EXT. ANOTHER SPOT ON BEACH–DAY

Tina and Bunty are walking towards the sea, close to each other.

बंटी : ...ए टीना, क्या लगता तेरे को...? कौन मारा होएगा तेरे पापा को...?

टीना : ऐइच तो मैं सोचती रहती दिन रात...! क्या बिगाड़ा था किसी का पापू ने...। कभ्भी लाइफ में जोर से नहीं बोला वो...! मेरे को कभी डाँटा नहीं...मारा नहीं...।... *(सोचती हुई रुक कर)* ...वो तो ऐसा था घर में, जैसे वो था ही नहीं...।

बंटी : *(राज़ भरे अन्दाज़ में)*...देख...एक बात पूछता मैं तेरे से...! नाराज़ नहीं होने का...!

(टीना उसकी तरफ गौर से देखती है)

बंटी : ...कोई तेरे घर में आता–जाता क्या...? मेरा मतलब ...जब तेरा पापा उदर पे नहीं होता था...?

Tina stares blankly into his eyes. Her face trembles in agony. She finds it difficult to speak,

29. EXT. BUSY COMMERCIAL STREET IN MUMBAI–DAY

It is a narrow crowded street. On the one side of it, various colorful fast food vendors and on the other side lottery ticket wallas, mutual fund forms etc. are being sold.

It is lunch time. Office goers have come out to eat at food joints in big numbers.

A motorcycle, displaying Maharashtra Police number plate enters in the scene.

Bhinde stops his bike and takes out a wallet from his back pocket.

He picks up an Identity card from the purse and reads it.

इंस्पेक्टर भिंडे : *(फुसफुसाते हुए)* ...बैंक आफ महाराष्ट्रा... जौहरी बाजार ब्रांच...नाडियावाला बिल्डिग...

A middle-aged man is eating vada-pav, with two-three babu type persons. Bhinde asks him.

इंस्पेक्टर भिंडे : ...ए भाई साहब, नाडियावाला बिल्डिग यही है क्या...?

आदमी : *(एक उड़ती सी नज़र भिंडे की वर्दी पर डालकर खाने लगता है)*...अहो!...अहो...!

इंस्पेक्टर भिंडे : ...अहो! *(उलझन में)*... साल्ला ये हाँ है कि नहीं...?

औरत : *(जो सैंडविच खा रही है, मुस्कुराती है)* ...यही है वो सामने ...नदियावाला बिल्डिग! ...तुमको जाना किदर को....?

इंस्पेक्टर भिंडे : ...महाराष्ट्रा बैंक...

औरत : ...इदरिच है...! चौथा माला पे चले जाओ...!

Bhinde goes towards the building on his mobike.

30. INT. FOURTH FLOOR ENTERANCE OF THE BANK–DAY

Lift's door opens. Bhinde moves out and looks to his right and left and walks to the left.

"Bank of Maharashtra, Johari Bazaar Branch, Mumbai." is displayed on the board. He goes in.

31. INT. BANK OF MAHARASHTRA–DAY

Bhinde stands before the P.A. to the Senior Manager.

The P.A. *(Girl, wearing a tight mini-skirt)* talks on the intercom.

पीए : सर, कोई इंस्पेक्टर भिंडे हैं। बाम्बे पोलीस...! ओ. के.! येस सर...*(भिंडे की ओर देखकर)* जाइए, जाइए ...आप...सर!

भिंडे : *(कुछ खा रहा है)*...थैंक यू मैडम! *(रिसेप्शन टेबिल के नीचे झुकता है। लड़की घबरा के खड़ी हो जाती है। भिंडे का सर टेबिल के नीचे घुसा हुआ है। वह डस्ट बिन में कुछ आवाज़ के साथ कुछ उगलता है फिर सिर निकाल कर हाथ से ही मुँह पोंछता हुआ मुस्कुराता है)* सॉरी मैडम...! एक्चुअली मैं सात–आठ बबलगम एक साथ खाता हूँ। बहोत गोला इकट्ठा हो जाता साला मुँह के अन्दर...! मैं बोलता सॉरी...!

पीए : *(परेशानी के साथ मुस्कुराती हुई)*...डज़ंट मैटर...ओके...ओके...! कोई बात नहीं सर!

भिंडे : फिर क्या है, कि जब अपन ड्यूटी पर होता है ना तो अटेंशन भी नहीं जाता उदर को...क्या...?

The girl smiles and Bhinde walks in side.

32. INT. MANAGER'S CABIN–DAY

Senior Manager is sitting on the other side of a huge table. Computer, Telephones, Stationaries and all office gadgets are seen.

A big window is in the backdrop covered with blinds or netted curtain.

Bhinde shakes hand with him.

इंस्पेक्टर भिंडे : *(मुस्कुराता हुआ)*...लगता है बहुत बिजी बैंक है ये आपका...बैंक ऑफ महाराष्ट्रा...?

मैनेजर : *(फोन की घंटी बजती है। वह रिसीवर उठाकर एक दो बार हेलो हेलो करता है फिर झल्ला कर रिसीवर रख देता है।)* ... हाँ...! वर्कलोड यहाँ बहुत है। इट इज़ टू मच! एक्चुअली ट्रांज़ेक्शन इधर से बहुत होता है...!...*(रुक कर)*...आप क्या लेंगे...? चाय कॉफी...

इंस्पेक्टर भिंडे : *(मुस्कुराता हुआ)*...नहीं अभी बहुत–सा बबलगम खाया मैंने! एक दर्जन... नहीं डेढ़...! *(रुक कर)*...तो क्या आप लोग

कंडोलेंस मीटिंग वगैरह भी नहीं सेलिब्रेट करते...?

मैनेजर : *(चौंक कर)* ...कंडोलेंस...?... सेलिब्रेट...?... क्यों...?

इंस्पेक्टर भिंडे : *(गम्भीरता से)* ...वैसे सच पूछो तो मैं भी इसके फेवर में नहीं। जिसको जाना था, वो तो साला गया। अब दूसरा लोग छुट्टी का मजा क्यों लूटें...उसके नाम पे...! क्या...? सब साला जिन्दा लोगों ने अपनी मौज मस्ती के वास्ते ये फंडा फैलाया। मरने वाले के नाम पर ...क्या?

मैनेजर : *(परेशानी में)* ...मैं समझा नहीं आपकी बात...?...कहिए क्या काम है?

Inspector Bhinde takes out I-card from his pocket, looks at it and says.

इंस्पेक्टर भिंडे : ये कोई आर.एल. मुलगाँवकर आपके बैंक में काम करता है? इदर का ब्रांच में...?

मैनेजर : येस ! क्या हुआ उसको? ...कोई क्राइम में फँसा...?

इंस्पेक्टर भिंडे : हाँ क्राइम में ही समझो! ...मर्डर का केस है...!

मैनेजर : *(टेबिल पर रखे गिलास से घबराहट में पानी पीता है)*...मर्डर...? किसका मर्डर किया उसने...? ओह माइ गॉड...! ऐसा लगता नहीं था उसको देख कर...!

इंस्पेक्टर भिंडे : ...नहीं समझा आप...! बिल्कुल नहीं समझा...। क्या? मतलब मर्डर उसने नहीं किया...

मैनेजर : ...*(उलझन में)*...तो किसने किया...?

इंस्पेक्टर भिंडे : क्या किसने किया...?

मैनेजर : *(फुसफुसाते हुए)*...मर्डर...हत्या...

इंस्पेक्टर भिंडे : हत्या...! हत्या...! हत्या तो मुलगाँवकर का हुआ...। कल रात...को...।

मैनेजर : *(घबराहट में खड़ा हो जाता है)* ...ओ माई गॉड...! ...कैसे हुआ ...वो...आइ मीन... हत्या...!

इंस्पेक्टर भिंडे : कोई उसे गोली मार गया। उसी के फ्लैट के अन्दर...। रात दस बजे...! ...देखिए...! मैं इंस्पेक्टर भिंडे...। मैं कर रहा है इसका इनवेस्टिगेशन...।...मुझे उसका सारा रिकार्ड चाहिए...। सर्विस रिकार्ड भी और वो...सी आर फाइल भी...! कॉनफिडेंशियल रिपोर्ट वाला फाइल...

मैनेजर : *(इंटरकाम उठाकर जोरों से बोलता है)* ...देखो ...वो निगम से बोलो, आर एल मुलगाँवकर का सारा रिकार्ड और फाइल ले कर इधर आ जाये! फौरन...! ...हाँ... हाँ...! अभी चाहिए...।

(फोन रख देता है और रूमाल से माथे का पसीना पोंछता है। अचानक वह फिर फोन उठाता है।)

...हाँ...! एक बात और...। ऑफिस में एनाउंस कर दो कि सब लोग कॉमनहाल में पहुँच जायें।...देयर विल बी ए कंडोलेंस मीटिंग...!...इमीडिएटली...!...ओ के...।

33. INT. BANK–OFFICE HALL–DAY

There is pandemonium. Everyone is closing files, switching off the computers, shutting drawers-shelves etc.

एक : कौन मर गया ?...कहीं वो... खन्ना...?

दो : होएगा यार कोई। ऊपर वाले ने घंटी बजा दी...! *(हँसता है)*

तीसरा : यार वो मुराटकर नहीं दिखा आज। टाइफाइड था उसे पाँच दिनों से...!

एक : टायफायड...? मुराटकर को...? अरे वो नीना छंगनानी को लेके खंडाला गया होगा साला...! मैंने परसों देखा था दोनों को...। ...बटाटा बड़ा खा रहे थे वीटी के उधर...

दूसरा : मरा तो ज़रूर है कोई न कोई...

चौथा : अबे कोई मिनिस्टर होगा...यार। कमोड में फिसल गया होगा...या किसी ने *(दोनों हाथ से इशारा करता है)*...टुं...टुं...टूं... टिच्च...टिच्च...टिच्च...

A young man is seen rushing with a bunch of files and papers towards the Sr. Manager's chamber.

He barges inside the chamber.

34. INT. MANAGER'S CABIN–DAY

He hands over all the files to the Senior Manager.

मैनेजर : इसमें सारे पेपर्स हैं?

क्लर्क : येस सर!...*(थोड़ी देर रुक कर, सिर खुजलाता हुआ)* सर...वो डेथ किसका हुआ सर...?

मैनेजर : *(फाइल के पन्ने पलटता हुआ)*...इसी का...!

क्लर्क : ...किसका सर...? मैं समझा नहीं...

मैनेजर : *(गुस्से में झल्लाकर)* अरे इसी का...! मुलगाँवकर का...!

क्लर्क : ऐसा कैसे हो सकता है...?

मैनेजर : *(फाइल को गौर से देखते हुए)* ...ही वाज़ ए वेरी लेबोरियस...वेरी पंक्चुअल वर्कर ऑफ अवर बैंक...। *(भिंडे की ओर देख कर)* मालूम है मिस्टर भिंडे, उसने बारह साल से एक भी छुट्टी नहीं लिया था...!

इंस्पेक्टर भिंडे : हाँ पता है मेरे को...। रोज़ सुबह साढ़े सात बजे घर से निकलता, लोकल पकड़ता और रात साढ़े नौ बजे घर लौटता था। महीने की पहली तारीख को सारी सैलेरी बीवी के हाथ में रख देता था। पूरा पगार ...एक पइसा का भी कमी जास्ती नहीं...! ...क्या?

मैनेजर : इट वाज़ रियली शॉकिंग...! कोई बीमारी से मरे...एक्सीडेंट हो...!...बट मर्डर...आइ मीन हत्या...

क्लर्क : *(परेशानी में। कुछ ऊँची आवाज़ में)* ...लेकिन ऐसा कैसे हो सकता है सर...?

मैनेजर : *(दार्शनिक अन्दाज़ में। आँखें ऊपर चढ़ाकर)*...यू सी...निगम...! मौत का क्या है? उसका कोई विजिटिंग कार्ड तो होता नहीं...। कोई टाइम भी नहीं होता...! वो कोई फोन भी नहीं करती...। न मोबाइल...न लैंड लाइन...!...डेथ कैन कम एट एनी टाइम...एनी मोमेंट...यू...सी...

क्लर्क : ...लेकिन सर...! ...वो मुलगाँवकर तो उदर अपनी सीट पर बैठा है...सर। अभी बर्गर खा रहा था...सर...।

(इंस्पेक्टर भिंडे और मैनेजर दोनों चौंक कर खड़े हो जाते हैं।)

दोनों एक साथ : ...क...क...क्या...? ...ऐसा कैसे हो सकता है?

क्लर्क : *(आगे बढ़कर टेबिल पर रखा इंटरकाम उठाता है।)* ...हाँ, हेलो...! वो ज़रा मुलगाँवकर को भेजना इदर को। बास के चैम्बर में। फौरन...!

Inspector Bhinde and Senior Manager, both look at the door, petrified.

The door opens slowly and a weak, frail, pathetic man in his 50's peeps inside first and then steps in.

मरियल क्लर्क : नमस्ते सर! नमस्कार! *(डरा हुआ है)*...वो क्या है कि सर, आज नाश्ता नहीं बनाया था बीवी ने...! ...आज से पहले कभी नहीं खाया सर मैंने ऑफिस में। लंच टाइम पे भी...नेवर सर...नेवर...।...बर्गर तो आज के पहले चखा ही नहीं था सर...!

इंस्पेक्टर भिंडे : *(घूरते हुए)* आपका नाम क्या है...?

मरियल क्लर्क : आर. एल. मुलगाँवकर ...सर! गोरेगाँव ईस्ट से आता इदर को मैं...बारा साल से...!

इंस्पेक्टर भिंडे : *(कड़क कर)* ...पूरा नाम क्या है तुम्हारा...?

मरियल क्लर्क : रोशन लाल मुलगाँवकर...!

इंस्पेक्टर भिंडे : *(बैंक मैनेजर से)*...वो आर एल मुलगाँवकर नम्बर टू किदर को है...?

मैनेजर : *(उलझन में)* ...मैं समझा नहीं...! व्हाट डु यू वांट टु से? नम्बर टू मुलगाँवकर...

इंस्पेक्टर भिंडे : *(अंग्रेजी बोलता है)* आई वांट टु से व्हेयर इज़ रोहित लाल मुलगाँवकर...फ्राम भयंदर...नाट फ्राम गोरेगाँव?

मैनेजर : *(चौंक कर)* रोहित लाल मुलगाँवकर? ...इस नाम का कोई एंप्लाई हमारी ब्रांच में नहीं है...*(निगम और मरियल क्लर्क को देख कर, जोरों से)* जाइए आप लोग। काम करिये!

निगम : ...लेकिन सर...! वो कंडोलेंस...!

मैनेजर : *(चीखता हुआ)* जाइए आप लोग...! टेक योर सीट्स...!

Nigam, and the frail old clerk, both go out in a hurry.

Senior Manager looks at Inspector Bhinde.

इंस्पेक्टर भिंडे : लेकिन ऐसा कैसे हो सकता है। ...वो तो कल भी आया था इदर को। दफ्तर...। बारा साल से नौकरी बजाता था वो इदर...

Inspector Bhinde gives him the identity card of Mulgaonkar.

SM reads it carefully.

मैनेजर : *(कार्ड को देखते हुए)* ...नाइनटी नाइनटी...? ये तो 13 साल पुराना आईकार्ड है। ...एक मिनट...जस्ट लेट मी चेक...

He pulls out keyboard and types something on it.

Sr Manager looks at the monitor and says..

मैनेजर : मिस्टर भिंडे...सॉरी, इस नाम का कोई आदमी हमारे ब्रांच में काम नहीं करता। मैंने दस साल का रिकार्ड चेक कर लिया है...! दिस इज़ पासिबिल ...कि हमारा सेंट्रल ऑफिस में उसका कोई रिकार्ड आपको मिल जाये...

भिंडे : *(उठकर हाथ मिलाता है)* हूँ...तो... अब सवाल ये उठता है कि ये रोहित लाल मुलगाँवकर नौकरी कहाँ करता था?

(पॉज़)

और वो आखिर था कौन...?

He turns and gives a puzzled look at camera.

His face stays for sometime on screen and fades out.

35. INT. KRISHNAMURTI'S FLAT–DAY

Krishnamurti while watching TV, looks around stealthily. His wife, a dark fat woman, is frying something on a pan in the kitchen.

Krishnamurti fails to restrain himself and gets up with a jerk, surreptitiously reaches to the window, looks back again towards the kitchen and finally dares to make a slit through the curtain.

He picks up a small binocular, kept secretly in a shoe box and looks through it.

POV of Krishnamurti: Looking on to Mulgaonkar's bedroom one floor down. Sushila is busy putting clothes in cupboard, wearing a sleeveless, deep cut nightie.

She moves from there to the dressing table. Watches herself in the mirror. Comes at the window and opens curtain wide.

The loud harsh voice Krishnamurti´s wife is heard *(in Tamil).*

काली औरत : ...

Krishnamurti hurriedly puts back the binoculars and runs towards the TV.

Wife, huge and dark, comes out of the kitchen and puts hot plate of Uttappam before him.

She starts eating herself, muttering something in Tamil.

36. EXT. CINEMA HALL–DAY (NOON)

There is a House Full plank at the booking window.

A huge banner of some super-hit Hindi film is seen.

Hordes of people are rubbing their shoulders against each other and rushing to get inside the hall.

Bunty is seen selling tickets.

बंटी : सिक्स अपर क्लास...टेन बालकनी...! सिक्स अपर क्लास...टेन बालकनी...! मिडिल सर्कल सिक्स...सिक्स...

A rich family man, with 3-4 kids, and a heavily bedecked wife, approaches him.

आदमी : सिक्स बालकनी...! ...कितना?

बंटी : ट्रिपल का रेट चालू है आज...!

आदमी : *(उलझन में है)*

बंटी : ...जल्दी ...! टाइम नहीं मेरे पास! पिक्चर शुरू होने का...! बोलो साब...!

The man gives him money. Bunty tugs it in his pocket. He gives him tickets.

Bunty is now surrounded by buyers.

Suddenly he looks at Tina coming to theater. He moves swiftly amidst the crowd.

Tina is perturbed looking around.

She stops before a huge hoarding showing a villainous actor painted on a huge hoarding.

Bunty comes to her and gives a smile.

बंटी : *(मुस्कुराता हुआ)* ...आ गयी तू ...!!

टीना : *(परेशानी में झुँझलाती हुई)* आ तो गयी पर...छोड़! देख लेंगे फिर कब्भी। बप्पा रे... इत्ती मारा–मारी। एक पिक्चर के वास्ते...?

बंटी : देख...! मैं बोला था ना तेरे को। हिट जायेगी ये फिलम...

टीना : लेकिन...तू अब करेगा क्या ? *(चिढ़ाने के अन्दाज में नकल मारती है)* बहुत हाँकता था ना ...'अपुन तो पैलेइच दिन पिक्चर देखते हैं...! प्रीमियर के दिन! फर्स्ट डे...!! ...मूवीटाइम में जा के...' !! अब बोल...? बोल ना तू...!!

बंटी : *(हँसता हुआ)*...उकसाती तू मेरे को...? मैं बोला तेरे से कई बार कि मेरे को कोंचा मत कर!

टीना : ...नईं तो क्या कर लेगा तू...? ब्लैक में खरीद के लायेगा टिकट...? तेरे बटुए में है इत्ता रोकड़ा...बोल...*(हँसती है)*

बंटी : *(टीना के दोनों कन्धे पकड़ कर अपनी ओर घुमा लेता है)* देख मेरे को कोंच मत! अपन को ब्लैक में टिकट लेने का क्या जरूरत ? अपन तो खुद ही टिकट ब्लैक करता...

टीना : *(चौंक कर पीछे हट जाती है)* ...क्या बोला तू...? तू टिकट ब्लैक करता...?

बंटी : *(घबराते हुए)*...अरे...! ऐसे ईच बोला मैं। तेरे को क्या लगता...? मैं टिकट ब्लैक करेगा...? मैं ब्लैक करेगा टिकट...?

...(वह ऐसे दिखाता है जैसे उसे गुस्सा आ गया हो)

He turns to move as if in anger towards theatre entry gate. Tina follows her smiling.

टीना : हमेशा नाक पे गुस्सा रहता ना तेरे...? फट्ट से निकलता बाहर...!

बंटी : तू बात ही ऐसा बोली मेरे से। सच बता ...क्या लगता मैं तेरे को...? ...मवाली है मैं...?

टीना : *(संजीदगी के साथ)* ...बंटी, ऐसा सोचती तो मैं भाग भाग के आती तेरे पास क्या...? *(उसकी आँखें डबडबा जाती हैं और वह रेलिंग के पास खड़ी हो जाती है।)* ...मेरा है ही कौन अब पापा के जाने के बाद... *(आँसू छलक जाते हैं)* ...तू भी चला जा गुस्सा हो के...! झेल लेगी मैं...! ...जा...!

बंटी : *(टीना को देखता है और उसके पास आ कर रेलिंग पकड़ कर खड़ा हो जाता है। खुशामदी लहजे में बोलता है)* देख, इदर ...इदर...! मेरी तरफ देख...! ...*(मुस्कुराकर)* ...जिस दिन मैं गुस्सा करेगा न तेरे ऊपर... जानती क्या होएगा...

टीना : *(चुपचाप उसकी ओर देखती है)*

बंटी : हार्ट फेल होएगा मेरा! *(हँसता है)*...एकदम स्टॉप! फट्...!! ...क्या समझी...? इदर पे *(अपने सीने पर उँगली ठोंकता है)* घुस के तू बैठ गयी ना...

टीना : *(हँस पड़ती है। आँसुओं के बीच झिलमिलाता चेहरा)* ...बहुत बोलता...तू... बहुत बोलता...पट...पट...पट...पट...!
(बंटी के पेट में जोरों से चिकोटी काटती है। बंटी उछलता है।)
Suddenly a teenager boy comes and calls Bunty aside.

लड़का : ए ...बंटी भाइ...! जरा एक मिनट...

बंटी : *(जल्दी से उसके पास जाता है और फुसफुसाकर कहता है)* ...क्या है बे... बोल...!

लड़का : एक का पाँच हो गया ! कित्ता टिकट पड़ा तेरे पास...?

बंटी : *(लड़के को खींच कर आड़ में ले जाता है)* ...चल उदर...! *(टीना की ओर देख कर पीठ फेरता है और जेब से मुट्ठी में छुपा कर टिकट लड़के को देता है।)* ...तीन ठो है ...अपर क्लास...! रुपया मैं कल लेगा तेरे से...! इदर नहीं आने का समझा...! किसी के साथ है मैं ...क्या...

लड़का : *(मुस्कुराता हुआ आँख दबा कर जाता है।)* समझ गया बंटी भाइ...
Bunty comes back to Tina and says with smile.

बंटी : *(परेशानी का नाटक करते हुए)* ...उधार माँग रहा था...! उसकी बहन बीमार पड़ी उदर ...अस्पताल में...! अच्छा चल...
While they are walking towards entry gate of the hall, suddenly Tina grabs

Bunty's hands and starts pulling him in another direction. She whispers. Her face is panic-stricken, terrified.

टीना : चल...! उदर...

बंटी : क्या हुआ?...क्या है...?

टीना : *(फुसफुसाती हुई)* चल...उदर चल...जल्दी ...*(वह उसे खींचती हुई कोने की ओर ले जाती है)*

She covers her face with the hanky hurriedly.

CUT AWAY shot shows Krishnamurti and Sushila Mulgaonkar are coming through the corridor.

They pass by very close to Tina, who has covered her face in handkerchief.

Bunty looks at them.

As they go, camera traces Jafri and Pande, standing in plain clothes, eating popcorn and gazing at Sushila and Krishnamurti wickedly.

37. INT. CHAMBER OF SR. MANAGER–DAY

Senior Manager is watching an official who is monitoring his computer.

Inspector Bhinde is seen closely watching over the proceedings.

The official at computer gives a disappointed look to the manager.

मैनेजर : ...सॉरी मिस्टर भिंडे...

The official interrupts suddenly and says

Official : *(Enthusiastically)* Yes…yes…!! Rohit Lal Mulgaonkar number BM-70 resigned on 27th April 1994. He had been paid all his dues, claims, provident funds…..as per rules of Bank of Maharashtra….

मैनेजर : *(खुश हो कर)* ...तो मिस्टर भिंडे ! आपकी प्रॉब्लम साल्वड...? बी हैप्पी...

भिंडे : *(परेशानी के साथ)* ...साल्व्ड...? क्या बात कर रहे हैं आप ? साली मेरी तो प्राब्लेम ...डबल हो गयी...!

Bhinde pauses for a moment and then speaks. He munches something under his jaws.

अगर वो मुलगाँवकर 1994 में नौकरी छोड़ गया तो दस साल वो जाता कहाँ था...? रोज़ सबेरे साढ़े सात बजे से रात दस बजे तक...! और पहली तारीख को पगार...*(जल्दी जल्दी कुछ बबलगम मुँह में ठूँसता है।)* पचड़े पे पचड़ा...फँसता जाता...!...मैं बोलता था, मामला इतना आसान नहीं!...

He is in severe tension. He chomps whatever is in mouth rapidly. His face is in deep thought and strained.

(अचानक भिंडे खड़ा हो जाता है और टेबिल के नीचे सिर घुसेड़ कर डस्ट बिन में थूकता है।)

भिंडे : सारी सर...! सारी...! वो क्या कि मैं कुछ खा रहा था! ...सर, सन चौरान्नवे में, *(क्लोज़)*...जब मुलगाँवकर ने इदर से इस्तीफा दिया, उस टाइम पे,...इस बैंक आफ महाराष्ट्रा में जो लोग एंप्लाई था, उनका लिस्ट मेरे को मिलेगा क्या?

मैनेजर : *(ऑफिशियल से)* ...प्लीज गिव हिम ए प्रिंट आउट...!

Close shot of Printer. A paper with a list containing a few names coming out with jerks and loud sound.

Inspector Bhinde is gazing at it.

38. INT. MULGAONKAR'S FLAT–NIGHT

Tina is sleeping on her bed. Harsh sound of DOOR BELL. *(Repeated again)*

Tina gets up and opens the door sleepily.

Sushila Mulgaonkar, dressed in a showy sari.

Tina stares at her.

Sushila walks in and moves towards her room.

Tina turns and follows her.

टीना : तुम किदर से आ रही मम्मी...?

सुशीला : *(चेहरे पर आश्चर्य का भाव)*... तू इतनी ज़ल्दी कैसे आ गयी आज ? जेम्संस बन्द होएला दिखे...

टीना : मैं पूछी ना तुमसे पहले, तुम किदर को गयी थीं आज...?

सुशीला : *(चलती जाती है लेकिन उसके पीछे–पीछे टीना है।)*

टीना : बोलती नहीं तुम। पूछती मैं कुछ...

सुशीला : गयी थी मैं कागज ठीक कराने। तेरे पापा का कागज ...वो पेंशन के वास्ते...। बड़ा लफड़ा पड़ेला...है...

टीना : *(पीठ पीछे से)*...किदर को गयी थी...? कौन से दफ्तर को...?

Sushila throws her hand-bag on the bed and pretends as if she is tired.

सुशीला : थक गयी मैं तो...

Tina picks up the bag wickedly and starts opening it.

Sushila is taken aback.

सुशीला : *(आगे बढ़कर टीना के हाथ से अपना बैग छीनने की कोशिश करती है।)* ...क्या करती तू...! छोड़...इसको...!...दे इदर को...

टीना : देख रही मैं अपने पापा का पेंशन का कागज...तुम ठीक कराने गयी थी ना...मेरी मम्मी...

With a jerk Tina succeeds in opening and pulls out a handful of papers. These are vouchers, receipts and tickets. She moves to the other side of the bed and starts reading one after the other.

Sushila Mulgaonkar watches her with pain and nervousness.

टीना : भौंपू...विद...हेयर कंडीशनर...मोएश्चराइज़र ... फेयरनेस मैजिक पैक...*(गहरी आँखों से*

घूरती है)...पेरिस नाइटक्वीन, चौंतीस का साइज...

(वह अचानक जोरों से चीखती है)...क्या है ये सब...? ...ये आशियाना होटल का बिल...दो जनों का खाना...

Sushila is gazing at her with a blank look.

टीना : कहाँ गयी थीं तुम...आज मैं पूछती तुमसे...! पापा ने भी कभी नहीं पूछा... आज पूछती मैं...

Sushila appears to be struggling with her words.

टीना : मैं बताती तुम कहाँ गयी थी...! तुम गयी थी मैटिनी शो देखने...अपने यार के साथ...! ...बहुत ऐश किया तुम...मम्मी...! ...मम्मी बोलती तुम्हें...तो मेरी जीभ को करेंट लगता...उलटी आती मेरे को...! मैं सब जानती ...उदर पापा आफिस को जाते और इदर तुम फुर्र होती बाहर को...

Tina suddenly paces to her and grabs her hair. She stares at her and says.

टीना : *(उसकी आवाज़ काँप रही है)* देख...झूठ बात नहीं बोलने का, नहीं तो छोड़ेगी नहीं मैं तेरे को...! पुलिस को फोन कर देगी मैं...*(चीखते हुए)*...किससे करवाया तूने मेरे पापा का मर्डर...?...बोल...किससे करवाया...?

(सुशीला के बाल पकड़ कर वह खींचती है। सुशीला दर्द से चीखती है।)

टीना : बोल...! किससे करवाया मर्डर...? किसके साथ फँसी तू ...

Suddenly Sushila regains her power in a maddening streak. Her face changes in to a wild ferocious face. She pushes Tina violently back on to the bed. Her hair is set lose and becomes untidy. She breathes hoarsely and speaks:

सुशीला : हाँ, मैंने करवाया मर्डर...तेरे बाप का...। उस कृश्नामूरती से...। बोली मैं... मार साले को गोली...। खतम कर किस्सा...! अब तू...बुला पुलिस को...! बताती मैं सब कुछ...सब कुछ बताती...

Tina looks at her with a shocked expression. Sushila's voice, gradually changes to a pained pitiable pitch, as she speaks.

सुशीला : *(काँपती हुई कमजोर आवाज़)*...बीस साल से ज्यादा छोटी थी मैं उससे। सहारनपुर में मेरे बापू की छोटी सी दूकान थी किराने की। भाई मेरा आवारा था। फालतू...। सबने मिलकर बाँध दिया मेरे को इस बूढ़े खूँटे से...। पढ़ती थी मैं हाई स्कूल में।... बोल, मैं तेरी मम्मी लगती क्या...? मम्मी लगती क्या...मैं तेरी...?

(उसकी आँखों में से आँसू बहते हैं)...मैं घुटती थी इस नरक में। तेरे और तेरे बाप का कपड़ा धोती, रसोई करती, जूठन उठाती...अक्खा घर सँभालती...। बीवी नहीं...आया ब्याह के लाया था...तेरा बाप ...तेरे वासते...।

बारा साल से एक बोल नहीं बोला वो मुझसे। कभी हँसा नहीं मेरे से। सबेरे निकल के जाता आफिस और रात दस बजे लौट कर आता ...सोने। आके दारू पीता, खाता और सो जाता। एक बिस्तरा था उसका इदर, एक बेटी थी उसकी इदर और एक नौकरानी थी...उसकी। ...हाँ तनख्वाह पूरी देता था वो मुझे। हर महीने दस हजार।...मेरी तनखाह नहीं, उसका घर चलाने का खर्चा। ...चलाई मैं...उसका घर। अपने लिए क्या खरीदी मैं...? कोई गहना–जेवर देखी तू मेरे पास आज तक...?

(वह चलती हुई टीना के पास आती है और उसका सिर सहलाती है)

...टीना, जब से मैं इस घर में आयी कभी पिकचर नहीं देखी थी मैं। रोहित कब्भी मेरे को ले के होटल नहीं गया, कब्भी फिल्म नहीं गया।... मालूम... आज गयी मैं पहली बार पिकचर देखने...। उसके मरने के बाद...। आज मैं होटल में खायी ...जी भर के...। मटन बिरयानी, मलाई कोफ्ता... फ्रूटक्रीम...! बियर पी के आयी मैं उस जोकर कृश्नामूरती के साथ...! वो मेरा चमचा...! ...रोहित से भी जादा बूढ़ा लगता वो मेरे को...

Sushila walks to her dressing table, looks at her image in the mirror. She wipes her face with a tissue paper, puts a cream and then turns to Tina. Tina is still sitting on the bed, looking dazed at her.

सुशीला : *(हँसती है)* ...देख...टीना...!...अब्भी भी मैं खूबसूरत...! वो कृश्नामूरती बोलता...मैं माधुरी दीक्षित से भी ब्यूटीफुल...! मैं तो तेरे से भी जादा खूबसूरत...। है कि नहीं... *(अचानक उसकी आवाज़ संजीदा हो जाती है)*

उस रात जब रोहित मरा, मालूम, उस दिन करवा चौथ का व्रत था मेरा। पहले उसको खिला कर फिर चाँद को देख कर मैं कुछ खाती। अखंड सुहाग का भीख माँगती मैं भगवान से...

...*(जोरों से चीखती है)*...एक पानी का बूँद नहीं गया था मेरे गले के भीतर...और उसके लिए चिकेन टिक्का मँगा के रक्खी थी मैं...

In a fit of maddening anger, she hits the mirror with hair-drier. Mirror gets shattered with a loud sound effect.

Tina screams and runs towards Sushila. They both hug each other and cry together.

टीना : *(जोरों से सुशीला को भींचती है)* ...मुझे माफ कर दे मम्मी...!...

Their sobs reverberate and fill the room.

39. EXT. NARIYAL PANI SHOP–DAY

A nariyal-pani vendor arranges coconuts on his thela. Two girls are sipping nariyal-pani with straw and talking to each other.

A sound of motorcycle is heard. Inspector Bhinde, in a casual dress stops near the vendor.

इंस्पेक्टर भिंडे : ए...एक देना...! खोपड़ा पानी...। *(हेल्मेट उतारकर हैंडिल में फँसाता है)* ...खोपड़ी साली घूम गयी गरमी में...*(उसका सिर पसीने से लथपथ है)*

(ठेले वाला भिंडे को नारियल देता है। भिंडे स्ट्रैप को फेंक कर सीधा नारियल अपने मुँह में उलटाता है। नारियल का पानी इधर–उधर बुरी तरह छलकता है। चेहरा और उसकी शर्ट भीग जाती है। दोनों लड़कियाँ भिंडे को ताज्जुब से देखती हैं।

नारियल डस्टबिन में उछालकर भिंडे शर्ट की बाँह से अपना मुँह पोंछता है। दोनों लड़कियाँ उसे घूरती हैं।)

भिंडे : *(लड़कियों को देख कर, मुस्कुराता हुआ।)*... भालू...भालू लगता मैं क्या चिड़िया घर का...? *(अपनी जेब से कागज निकाल कर देखता है और ठेले वाले से पूछता है।)*...कोई एक बूढ़ा बंगाली रहता इदर...? वो सामने...एक सौ पचीस नम्बर का फ्लैट में...?

ठेले वाला : *(सोचता हुआ)*...कोई बुड्ढा...बंगाली...?

भिंडे : हाँ कोई सत्तर–पचहत्तर साल का नौजवान...*(लड़कियाँ हँसती हैं)*...बंगाली... बंगाली... बंगाली...

ठेले वाला : इदर तो भाई बुड्ढा ही बुड्ढा रहता... *(सोचता हुआ)* ...अच्छा ...वो ...बंगाली... दादा...?

भिंडे : हाँ यार...! तू तो पूरा ट्यूबलाइट है...पूरा टाइम ले के जलता...लेट...

ठेले वाला : फ्लैट का नम्बर तो मालूम नहीं...पर एक बुड्ढा रहता उदर...!...भट्टाचार्जी दादा...! ...टेढ़ा मेढ़ा चलता...हुच्चक...हुच्चक...! साला मवाली...दारूखोर...

भिंडे : *(चौंक कर)* ...क्या बोला तू...?...दारूबाज...

ठेले वाला : ...दारूखोर ही नहीं...*(लड़कियों को कनखियों से देखते हुए)* ...साला लौंडियाबाज भी...नम्बर एक का...*(दोनों लड़कियाँ पैसा दे कर जल्दी से जाती हैं।)*

भिंडे : *(हँसता हुआ)* ...भगा दिया...साले... कुड़ियों को! ...कितने पैसे हुए तेरे ...खोपड़ापानी के...

ठेले वाला : सात...नहीं...छह! ए छुट्टे देना साब... Bhinde kicks his bike to start and goes off.

40. INT. CORRIDOR–DAY

Bhinde walks to the doorway of a flat and pushes call bell. A nameplate displays B.C. Bhattacharya, Retired

Accountant, Bank of Maharashtra.

Bhinde waits for some moment then pushes it again.

Someone opens the door. Bhinde is astonished to see a fragile, dreadful, very old woman at the door. Her face is terrible with wrinkles all over.

She speaks in a husky shaking thick voice.

बूढ़ी औरत : ...क्या है? अपना रुपया बसूलने आया न...? पर इतना जोर से घंटी क्यों बजाता...?

भिंडे : *(अचकचाता हुआ)* ...मैं भिंडे...! इदर कोई विकास चंद्र भट्टाचार्या रहता...

बूढ़ी औरत : ...किदर से आया तुम...?

भिंडे : बैंक ऑफ महाराष्ट्रा...! ...विकास चन्द्र भट्टाचार्या से मिलना मेरे को...

बूढ़ी औरत : ...*(चेहरे पर मुस्कान आती है)*...अच्चा... अच्चा...! आओ...! अन्दर आओ...

The old woman turns back and moves to the large window of the drawing room. Bhinde follows her.

बूढ़ी औरत : ...आओ...! इदर को...

She reaches to the window and pulls strings. Curtain is parted with a loud sound.

बूढ़ी औरत : *(पर्दे के पार बाहर झाँकती हुई)*...वो देखो, वो पार्क दिखता ना उदर को...और वो पेड़ बड़ा सा...! बस उसी के नीचे बैठा होएगा वो...बिक्कू...! जाओ...गला पकड़

कर रुपया बसूली करो...! बैठा रहता है उदर को...गाँजे का सुट्टा खींचता...

As the old woman speaks, looking outside the window, opening towards a huge park, camera starts moving in to the spot. The Old woman's husky voice is heard over foot-step sounds as if some one is walking.

41. EXT. UNDER A TREE–DAY

It is the perspective of someone approaching the spot where an old man, with a colorful shirt and a hat, is sitting alone on a deserted bench. He is cunningly watching around and preparing his charas in a chilam

The bizarre looking old man smokes his charas pipe and oozes thick smoke through his nostrils.

भिंडे : *(खाँसता है)* ...नोमोशकार...दादा...!

बुड्ढा : *(अचकचा कर, चिलम हथेली में छिपाने की कोशिश करता है।)*...नोमोशकार...! ...कौन...!...ऐ...कौन है तूम...? कैसे आया इदर...?

भिंडे : *(हँसता है और गलत सलत बंगाली बोलने की कोशिश करता है।)*...आमि भिंडे दादा...! भिंडे...! डोरो नोई...!

बुड्ढा : *(शक की निगाह से घूरता हुआ।)*... वो तो ठीक...पोर...तूम आया क्यों...इदर...?

भिंडे : *(उसकी बगल में बैठता हुआ।)* आमि आया दादा भट्टाचार्जी से मिलने...*(हँसता है।)* ...और आया...सुट्टा खींचने...!

बुड्ढा : ...सोच्ची बोलता...? ...लगाता तूम बी...? माल है तूमारा पास...?

भिंडे : ...बहोत सारा...! प्योर...दादा...प्योर माल...! नीमच से सीदा मँगाता अपन...*(हँसता है)* ...कल ला देगा...!

भट्टाचार्जी : *(एक बार उसे सिर से पैर तक घूर कर देखता है।)* ...पोर तूम करता क्या है...! मोतलब...नौकरी ...ना फिर... कोई धन्धा,... बिजनेस...

भिंडे : कोच्छ नहीं...दादा, ...कोच्छ नहीं...!...बस ऐश *(एक आँख दबा कर)* ...ऐश करता है...! दादा, ये जो अपना इन्सान का लाइफ है ना, वो ऊपर वाले ने लॉटरी में निकाला,...हमको ईनाम में दिया...! अब क्या पता दुबारा लॉटरी कौन–सा निकलता...! कुत्ते का लाइफ...कि साला सूअर का लाइफ...या फिर स्साला...केंचुआ का लाइफ *(ठहाका लगाकर हँसता है)*... तो अपन ऐश करता...! मरेगा तो मलाल नहीं रहेगा ...कि...ये नहीं किया ,...वो नहीं किया...क्या...?

Dada Bhattacharji stares at him carefully, in a little disbelieving manner, and then offers him the chilam. Inspector Bhinde inhales a long, enormous quota and coughs profusely. A dense smoke covers his face.

भट्टाचार्जी : *(अजीब सी आवाज़)*...मोजेदार...! ...मोजेदार...!...तूमि बोड़ा मोजेदार...

Dada Bhattacharji, suddenly gets up, looks suspiciously at Bhinde, his face contorted. His voice is strange, as if the compressed wind is released through a hollow tunnel, and then he shouts:

भट्टाचार्जी : *(उसकी आवाज़ गुस्से में काँप रही है।)* ए...ए...! खाँसी आया ...! ...खाँसी आया...!! तूमको खाँसी आया...!!...*(घूरता है)*...कौन है? ...तूमि कौन, बोलो...? ...तूम चिलमची नहीं...! ...झूठ बोला आमरा से...

भिंडे : *(घबराहट में उठकर खड़ा हो जाता है। उसके चेहरे पर डर और परेशानी का भाव है। फिर वह सँभलता है और मुस्कुराकर दादा भट्टाचार्जी के कन्धे को पकड़ता है।)*...माफी दादा! माफी...!...हम झूठ बोला तुमसे...। ...अपुन साला चिलमची हो ही नहीं सकता...। अपुन...तो...ये...

Bhinde brings out a bottle of whiskey, tucked under his waist-belt, opens its crown and takes a big gulp.

Dada Bhattacharji watches him drinking greedily for a while and then grasps the bottle with his trembling hands…

भट्टाचार्जी : *(काँपती हुई कमजोर आवाज़)* ...ए...! ...ए ...! आर सी है...तो ये...! रायल चैलेंज...!! दो ना...। ...ए...सारा मोत सूंटो...तूम...

Close shot shows Dada Bhattacharji gulping whiskey greedily and Bhinde watching him with a wicked eye.

42. INT. BEER-BAR–NIGHT

This is the main hall where one side is an area for performances by dancers. A song is on.

Dialogues between Dada, Bhinde and the Bar Girl are intercut.

Lights are flashing. Camera explores exciting shots of dancers dancing and gorgeous bar girls serving drinks.

Customers belonging to various age groups are seated.

Camera finally stays and closes in on Dada Bhattacharji and Inspector Bhinde, sitting on a table and enjoying their drinks.

Dada Bhattacharji gulps a big quota and puts down empty glass on table. Bhinde watches him with astonished looks.

भट्टाचार्जी : *(नशे में है)* ...ए...ए...चोखी...! ...दू ठो लार्ज मारने का इदर...

Song takes over. The bar-girl smiles and goes towards the counter.

Cut to the dance/song.

Bar Girl comes with her tray and while putting drinks on table says.

लड़की : *(मुस्कुराकर)* ...दादा...! आज कोई मुर्गा फँसाया क्या...? ...

Dada does not like her comment.

भट्टाचार्जी : *(दाँत निकालकर)*...ए...तूमि ...आमरा मूर्गी ...मूर्गी *(हँसता है)*...ही...ही...खी...खी...! मूर्गा फँसाया तो तूमरा पास जोरूर भेजेगा...! ...सुनो इदर कुछ वो चीना बादाम भी देना...

The bar girl gives a good smile at Bhinde. Bhinde is taken aback but rising up to the occasion pays her back by blinking his eye. The girl too answers awfully. Swiftly she goes. Camera shows her moving hips from the back.

Song is interrupted again.

भिंडे : ...दादा कौन है ये छोकरी...? जानती तुमको तो ये...

भट्टाचार्जी : ...इदर सोब जानता दादा को...! ...*(भिंडे के कान के करीब आकर फुसफुसाते हुए)*...तूमरा को माँगता वो खोखी...! ...ए...शरमाने का नहीं...! ...अब्भी फिट करा देता होम...

भिंडे : *(नशे और सुरूर में होने के अन्दाज में)*... दादा...कोई फिकर कोरने का नई...कोच्छ नई *(जेब पर हाथ मारता है)*...भौत...भौत... रोकड़ा अपने पास...!

Song is on again.

The same Bar girl comes and puts two large whiskey pegs on the table. Dada peeps into her cleavage lustily.

भट्टाचार्जी : *(लड़की से)*...ए खोखी...! साब को बताओ तूम होमको कोब से जानता...

लड़की : ...अरे दादा...! तुमको तो अक्खा रोशनी बार का हर छोकड़ी जानती...! ...मैं तो जानती, जब से मैं इदर को आयी...सात साल से...

भट्टाचार्जी : *(एक तगड़ा घूँट मार कर)*...देख, ये साब आमरा दोस्त है...! आमरा बोंधू...!! कोई शिकायत नईं होने का...

(लड़की इंस्पेक्टर भिंडे को देखती है और मुस्कुराती है। भिंडे घबरा रहा है लेकिन खुद को सँभाल कर नशे का अभिनय करता है।)

(लड़की भिंडे की खोपड़ी पर प्यार से एक चपत लगाती है और दादा भट्टाचार्जी से कहती है)

लड़की : दादा...तुम्हारा वो पिच्छू वाला दोस्त किदर कूं गया...? दिखा नईं कई रोज़ से...

भट्टाचार्जी : अरे वो...रोहित लाल...*(हँसता है)* ...वो गया...! ...चोला गया स्साला ऐश कोरने...!! *(हाथों को ऊपर नचाता है)*...ऊपर गया वो...स्साला...!! भौत ऐश किया...भौत ऐश किया...!

The bar girl goes. Camera closes to Inspector Bhinde. He picks up a handful of peanuts, fills his mouth hurriedly and starts munching awfully.

He watches Dada Bhattacharji suspiciously who is busy consuming his quota.

Bhinde's face is in deep thought. Peanuts are coming out off his mouth. Dada Bhattacharji looks at him and laughs loudly.

भट्टाचार्जी : *(हँसता हुआ)*...भौत चढ़ गया स्साल्ला ...तूमरा उप्पर...! तूम चीना बादाम खा रहा है कि उगल रहा...है?...*(हँसता है)* ...ए...ओबी चित्त नोईं होने का...! ...ऐश मनाने का...फिर सोने का...*(अचानक भिंडे को घूर कर)*...ए...बटुआ है ना तूमरा पास...? इदर दे दो...! हम रखेगा हिफाजत से...! लाओ...!! ...लाओ...! बाहर काढ़ो...

Bhinde pretends as if he is already high. He attempts to search his pocket. He appears bewildered unable to locate his purse.

Camera shows close shots of Dada Bhattacharji. His greedy eyes are fixed on Bhinde and he stares at his movements with hawk-eyes.

Dada Bhattacharji gets up and starts searching Bhinde's pocket as if he is helping him.

भट्टाचार्जी : लाओ...हम खोजता तूमरा बटुआ...! ...वो आमरा दोस्त था ना...रोहित लाल...*(हँसता है)* ...वो भी अइसा ई था...! बिल्कूल तूमरा जोइसा...! ...चार पेग में स्साला चित...!

एकदोम फ्लैट...! बरोबर...!! फिर वो नोट छीटता था...! हम सम्हालता था उसका बटुआ...*(दादा भिंडे की जेब से पर्स निकाल लेता है और खोल कर देखता है। उसमें सौ–सौ और हज़ार के नोट हैं...!)* ...भरोसा रोखो...दादा...चोरी नईं कोरता...! ...एक.एक टका तूमरा सेफ हो गया...

भिंडे : *(नशे में)* ...दादा...! वो तुम्हारा दोस्त का नाम क्या था...? कोई मोटा आसामी होएगा स्साला...

भट्टाचार्जी : ...उसका नाम था रोहित लाल मुलगाँवकर...! *(पॉज़)* चूतिया स्साला...! उल्लू नोम्बर एक...!...उसको बोला मैं...ये साला बार की खोखी के साथ इनभाल्व नईं होने का...सिर्फ मोस्ती मारने का...! वो स्साला ...शुना नईं आमरा बात...! *(अचानक संजीदा होकर)* ए ...होम तूम को बी वार्निंग देता...इदर की मूर्गी को चुग्गा डालो, ठोंको–बजाओ ...और स्साला फूट लो...

भिंडे : ए...दादा...! वो मुलगाँवकर की मूर्गी अपन भी देखना माँगता...

भट्टाचार्जी : *(और गटगटा कर घूँट मारता है)* ...है तो वो स्साली पटाखा!...तगड़ा माल...! भौत कमाई मारा...भौत नोट खाया उसने आमरा दोस्त से...

Bar girl comes again and puts two large whisky glasses with a plate of snacks, on table. Dada looks at her.

भट्टाचार्जी : ए...खोखी...! वो ...रोहित लाल की छोकरी किदर...? बुलाना इदर...! बोलना दादा बुलाता...

लड़की : दादा, अनीता तो इदर आयी नहीं कई रोज़ से...

भिंडे : *(ऐसा लगता है जैसे उसका नशा उतर गया हो। उठकर खड़ा हो जाता है।)* ...कितने रोज़ से नहीं आयी वो इदर...?

लड़की : ...*(सोचती हुई)* ...ये इच...कोई दस–बारा दिन...

Bhinde looks astounded.

Cut back to the song-dance sequence. Flashes of arc lights blazing rapidly accompanied with harsh drum beats.

43. EXT.ROADSIDE STALL–DAY

Bunty is eating Batata Vada at a busy roadside stall next to a bus terminus. He is wearing an obnoxious looking T-shirt and sunglasses.

A BEST bus passes on the road.

Bunty spots Tina at the window.

Tina too spots him. She waves her hands and calls:

टीना : बंटी...ई...ई...ई...!!!

Their eyes meet. Bunty throws away paper plate on the road and rushes to his mobike, parked nearby.

The bus passes and Tina is last seen waving her hands.
Bunty desperately kicks his mobike. It refuses to start.
Suddenly, it starts. Bunty jumps on the bike and drives very fast.
People at the stall watch him dazed.

44. EXT. ROAD–DAY

Bunty is driving the bike dangerously.
Bus is seen taking a turn. Bunty drives with more speed to catch up with the bus.
Perspective changed.
Bunty is seen back, struggling to drive through the crowd and traffic.
Tina comes at the rear door and waves her hands.
Bunty is covering the gap very fast and almost catching up with the bus.
It is a BUSY SQUARE WITH TRAFFIC LIGHTS.
The bus crosses the square in the yellow light speedily.
Light turns red when Bunty reaches to the square.
He attempts to jump the red light. Tina waves her hands cheerily.
A traffic constable jumps in front of Bunty's bike. He stops.
The traffic cop makes a chalaan.
Bunty's desperate face.

45. EXT. A ROADSIDE P.C.O.–DAY

Bunty is inside a P.C.O. making a desperate telephone call–

बंटी : ...हेलो...! हेलो...! ...यस...यस...बंटी बोलता मैं... वो टीना को बुलाओ...*(गुस्से में)* ...यहीं काम करती वो...!...जेम्संस ज्वेलेरी शॉप में...! हाँ...हाँ...टीना मुलगाँवकर... मुलगाँवकर...*(फोन पर हथेली रख कर)* ...बड़ी टोका–टाकी है...बैंचो...

46. INT. JAMSON'S JEWELLERS–DAY

It is a grand, luxurious, lavish jewelery shop.

Beautiful girls are at the counter beside some young male sales personnels. Two guards with mustache and ferocious looks are placed at the entrance of the shop with 12 bore guns. Jewelries sparkling all around in showcases.

There are couple of customers talking over their choices.

Telephone rings. Receptionist, a young thin girl, walks silently to Tina.

रिसेप्शनिस्ट : टीना मैडम, आपका फोन है...। कोई मिस्टर बंटी हैं लाइन पर...

Tina quietly walks to phone at the reception.

टीना : *(फोन उठा कर)* ...हेलो...!...क्या हो गया था तुम्हें? मैं वेट की तुमारा स्टॉप पे...! *(परेशानी में)* ...अब्भी...आने का ? ...*(फोन सुनती है फिर मुस्कुराती है।)*...अच्छा...आ जाओ...!...

47. EXT. ROAD–DAY

Bunty on his mobike.

Shots show his wayward, unruly driving in shocking manner.

Bunty drives all the way, through lanes and main roads, crowded with people, in a rowdy manner. People hurriedly give him way feeling threatened while he whistles and spurts filthy abuses occasionally.

48.A. EXT.OUTSIDE JEWELLERY SHOP–DAY

Perspective of the guards.

Bunty stops his bike, gets down stylishly and puts the bike on its stand when he is interrupted.

गार्ड (एक) : *(जोरों से)* ...ए...ए...! गाड़ी उदर पार्किंग में लगाओ...! ...उदर...बायें बाजू को...!!

बंटी : *(रुकता नहीं है। सीढ़ियाँ चढ़ता हुआ चला आता है।)*

गार्ड (दो) : ...ए...! ...ए...! क्या बोला अबी...। पहले गाड़ी इदर से हटाओ...! गेट के सामने गाड़ी खड़ा करना मना है...भाई!

बंटी : *(गुस्से में)*...अरे...कौन–सा साला छप्पर डाल दिया इदर को मैं।...अक्खा एक मिनट की बात है...अब्भी चला जायेगा मैं...! मना है...?...कोई टपरा डाल के रक्खा मैं कि मूनिसपैलिटी हटाएगा इदर से मेरे को...

(वह एंट्रेंस से अन्दर घुसने की कोशिश करता है। गार्ड उसे रोक लेता है।)

गार्ड : ...किदर को जाता भाई...? ...पहले गाड़ी हटा इदर से...! बोला ना तेरे को...

बंटी : *(गुस्से में)* ...ए तमीज से बात कर...

गार्ड (दो) : कइसा छोकरा है भाई...? *(उसके कन्धे को छूता हुआ)* ...चल...पहले गाड़ी पार्किंग में खड़ी करके आ...

बंटी : *(उसके हाथ को झटक कर उसे धक्का देता है)* ...अबे ऐ मुच्छड़...! मेरे को मामूली लौंडा–लपाड़ी समझेला क्या...? मालूम मैं कौन...? छोटा खोखा...! नाम सुना ना तू मेरा...टीप जायेगा दो मिन्ट में साल्ला...

48.B. INT. JAMSON'S JEWELLERS–DAY

As they start quarreling camera moves back to show the reactions of staff at the counter. There is a pandemonium at the gate.

Two guards are seen dragging and thrashing Bunty.

A senior staff member moves to the gate.

48.C. EXT. JAMSON'S JEWELLERS–DAY

The staff member asks at the gate.

स्टाफ एक्ज़िक्यूटिव : ...क्या है ये सब...! क्या मामला है...?

गार्ड (एक) : ...साब.! एक तो ये गाड़ी इदर गेट के सामने लगाया, ऊपर से अन्दर घुसता और गाली भांजता...

स्टाफ एक्ज़िक्यूटिव : *(बंटी को देखते हुए)*...क्या काम है आपको इधर...?

बंटी : ...*(अपनी शर्ट ठीक करता हुआ)* ...तमीज नहीं इन लोगों को बात करने का...! *(आदमी से)* इदर मैं मिलने को आया...!

स्टाफ एक्ज़िक्यूटिव : ...किससे...?

बंटी : टीना से...! ...टीना मुलगाँवकर...

स्टाफ एक्ज़िक्यूटिव : *(बंटी को गहरी आँखों से घूरता है।)* ...ठीक है...! आप यहीं रुकिए...हम अभी भेजते हैं टीना को आपके पास...*(मुस्कुरा कर)* ...ठीक...? रिलैक्स!!

49. INT. PROPRIETOR'S CHAMBER, JEMSONS JEWELLERS–DAY

The polished proprietor is sitting on a cozy foam chair, behind a luxurious table. A well-framed poster of diamond advertising, Aishwarya as model, hangs behind on the wall. Tina stands before him.

सेठ : तुम बोलती *You don't have his address … and he is not your relative…!…* फिर भी तुम उसके साथ घूमती फिरती…! Have you read your service bond carefully?

टीना : …येस सर…!…बात वो नहीं…

सेठ : क्या बात नहीं…? *We cant take such risks*! बारा करोड़ का माल रक्खा इदर को…! *And he clearly says he is chhota khoka,* ऐसा लोगां के साथ तूमारा ताल्लूकात…! …*(हाथ जोड़ता हुआ) --I'm really sorry Miss Mulgaonkar…*

टीना : *(मिन्नत करती हुई)*…सर…! …सर…! बस एक चांस सर…! अब्भी पापा का डेथ हुआ सर…

सेठ : *(सिर हिलाता हुआ)* …वो हम हेल्प करेगा…! …आना…! *That I personally will help you out….okay..?*

The phone rings. Polished proprietor picks up the phone and gets busy in talking.

Tina watches him for sometime and then moves slowly out of the chamber.

50. INT. A CHEAP ROADSIDE RESTAURANT–DAY

Tina and Bunty sitting quietly over a table with two cups on it.

Tina looks sorowful.

बंटी : फालतू टेंशन नहीं पालने का...! ऐसी जगह पे काम क्या करना...जिदर को कोई शरीफ आदमी जाइच नहीं सकता...! चोर है स्साला ये जौहरी लोग...!! मैं जानता इनका नस नस...

टीना : *(परेशानी में)* ...लेकिन अब करेगी मैं क्या...? ...बड़ी मुश्किल से मिला था मेरे को ये जॉब...

बंटी : *(मुस्कुरा कर चुटकी बजाता हुआ)*...यूँ मिलेगी तेरे को नौकरी...यूँ...! तू जानती नहीं बंटी का काटेंक्ट...। वो अग्रवाला कांस्ट्रक्शन कम्पनी में मैनेजर बनायेगा मैं तेरे को...लोखंडवाला में बैठेगी तू...पन्द्रा माला ऊपर...समझी...!

टीना : *(चेहरे से तनाव मिटता है)*...बंटी..., एक और कट चा का ऑडर मार ना...! जरा कड़क...

बंटी : *(मेज पर हाथ मार कर)*...ये हुई ना बात...! ...मेरी कुड़ी पियेगी कड़क–कड़क चाय...!! *(जोरों से आवाज़ लगाता है)* ...ओए ...मुंडया...दो चा मारना इदर को ...कड़क...! ...हंड्रेड किलोमीटर स्पीड वाला...! ...फुल!.

Cut away shows a teenager boy smiling at them.

बंटी : *(टीना की ओर घूम कर)*...बस भरोसा रख मेरे पे...। ...जादा से जादा पन्द्रा दिन लगायेगा मैं तेरे को उदर फिट करने में...

टीना : *(भावुक होकर)*...भरोसा नहीं करेगी मैं तेरे पर तो जायेगी किदर ...?

Suddenly she gazes deep in to the eyes of Bunty and becomes impulsive. Her eyes are filled with tears.

टीना : बंटी...! वो...क्या बोलते...कटी पतंग हो गयी ना रे मैं...! ना कोई अग्गू...ना पिच्छू...! ...ऐसे इच निच्चाट खड़ी मैं मुम्बई के स्टेशन पे...। *(रोती है)*...तू मेरे को धोका तो नहीं देगा बंटी...

बंटी : *(परेशान और दुखी लगता है)*...कइसी बात बोलती तू ...मेरे को टीना...!... *(भावुकता के साथ)*...तेरे साथ जो हुआ ना हादसा ...मेरा कलेजा भी रोता...! ...ए तेरे को चाहता मैं ...! ...दिल से...!

(मेज पर हाथ मारता है)...खोपड़ी घूम गया था मेरा साला...! ...न मैं उदर को जाता तेरे से मिलने, न तेरा छुट्टी होता उदर नौकरी से...! मैं तेरी जिन्दगी में आग लगाया...मैं ...!! तेरा बंटी...! अब मैं इच बसायेगा इसको...कसम खाता मैं...!

The boy puts two cups on table. Tina picks up her cup and smiles at Bunty with tears rolling from her eyes.

51. EXT. SEASIDE. BAND STAND–DAY

Tina and Bunty walk and settle on a rock, against a beautiful sunset on sea. Sea waves come rolling from distance and splatter against the bottom of the rock.

टीना : ...बंटी! पापा भी एक पहेली थे...! सच्ची...! ...लगता मेरे को मैं उनको कब्भी जानिच नईं पायी...! ...*(अपने चेहरे पर हवा से गिर गये बालों को हटाती हुई)*...

बंटी : *(उसके कन्धों को बाँह से घेरता हुआ)* ...क्यों अब क्या हुआ...?

टीना : ...कल रात को हमारे घर वो जाफरी आया... पुलिस इंस्पेक्टर...! ...बोला पापा का कनेक्शन उदर भाई लोगों का साथ था ...वो अंडर वर्ल्ड...

बंटी : *(चौंक कर टीना के कन्धे से अपने हाथ हटा लेता है)*...क...क्या...? ...कैसे पता लगाया पुलिस ने...

टीना : ...मेरे को कुच्छ बी नईं पता...। ...वो बोला कि पापा बारा साल से बैंक ही नहीं गये...! वो उदर नौकरी ही नहीं करते थे...। *(सोचती हुई)* ...बंटी, ...तो पापा रोज़ सबेरे लोकल पकड़ के जाते किदर को थे...! और पहली तारीख को रुपया किदर से लाते थे...

बंटी : *(ताज्जुब के साथ)*...बहुत रुपया था तेरे पापा के पास...?

टीना : ...हाँ...! मैंने रुपयों के वास्ते पापा को कब्भी परेशान नईं देखा...! ...*(अचानक कुछ सोचती हुई)* ...बंटी...!...मेरे को कुछ लगता है...अजीब सा...कुछ...

बंटी : क्या लगता है...? साफ–साफ बोल ना...!

टीना : ...एक बार क्या हुआ ...कि मैं लोकल से उतरी ही थी...और जैसे ही मैं स्टेशन के बाहर निकली ना...तो मैंने पापा को देखा...! ...पुलिस की बात मेरे को सच लगती बंटी...

52. EXT. OUTSIDE MUMBAI CENTRAL STATION–DAY (VOICE OVER)

...मैं दौड़ी उदर को...! वो उदर को खड़े थे...टैक्सी स्टैंड पे...!...मैं दौड़ी...

Shaky-shuddering shots in slow motion, combined with anarchic noises and sound effects.

Tina, as a young school girl with pony tails and in school skirt, is running through the mid of the crowd, pushing people to pass through.

टीना : ...पापा...!!...पापू...ऊ...ऊ...!! पापू...!...पा... आ...आ...पू...ऊ...ऊ...!!!

Occasional glimpses of a man talking to a taxi-driver through Tina's perspective.

Tina keeps on running stumbling with the dense crowd.

Tina continues to shout up to her throat.

Slow motion and unsteady camera gradually returning to steady normal state.

The man goes inside the taxi through the back door and taxi moves onwards. From inside the taxi we see.

Tina jumps in front of the ambassador waving her hands in frenzy. Taxi stops with a screechy break sound, with a jolt.

Tina comes to the back-door window and says.

टीना : ...पापू...पापू...! ...किदर जा ...रहे तुम...?... इत्ता तो मैं आवाज़ लगाई तुमको...!

Camera shows a man seated in the backseat of the taxi. He turns his face towards Tina and looks at her with a bewildered smile.

He is Mulgaonkar. A middle aged charming, handsome man with silver hairlines marking on temple.

टीना : ...आज बैंक नहीं जा रहे पापू...?

मुलगाँवकर : ...*(उसकी आवाज़ में हल्की सी गूँज (एको) है।)* ...मैं बैंक के ही काम से जा रहा हूँ ...टीना...

टीना : ...किस साइड को जाना पापू...! *(खिड़की को थपथपाती हुई मचलती है)* ...मेरे को आगे स्कूल तक ड्रॉप कर देना ना...! ...पापू...प्लीज़...

मुलगाँवकर : ...*(सख्त और अजनबी सी आवाज़)*... नहीं... टीना बेटे...! ...मेरा जाना अर्जेंट है...! ...तुम दूसरी टैक्सी कर लो...

टीना : ...*(हँसती हुई)* ...अच्छा...अच्छा...! ...चलो नोट निकालो फटाफट...! ...फट...फट... फट...

मुलगाँवकर : *(अपनी पिछली जेब से पर्स निकालते हुए)* ...क्या करेगी तू नोटों का ...झबली...

टीना : ...देना है ना...! ...स्कूल में... । आज लास्ट डेट है...! सिक्स हंड्रेड सेवेंटी फाइव रूपीज़ ओनली...ओनली...

Mulgaonkar gives her money. Tina counts it and gets surprised to find an extra hundred Rupee note in her count. She waves that extra note before the face of her father.

टीना : ...ओ...च...च्च! ...च ...च्च...!! बेचारे को गिनना तक नईं आता ...मेरे पापू को...

मुलगाँवकर : *(हँसता हुआ।)* ...रख ले...!...वो तेरे लिए है...

टीना : *(असमंजस में)* ...मेरे लिए ?

मुलगाँवकर : ...*(मुस्कुराकर)* ...हाँ, तू आज कसाटा खायेगी ना...*(टैक्सी वाले से)*... चलो... जल्दी ...मुलुंड...

Ambassador paces on with a jerk leaving Tina behind. She is seen through the side and back sight-screen, going distant, waving her hands.
Shot fades away.

53. INT. INSIDE A JEWELLRY SHOP–DAY

It is a luxurious jewellry shop. Sparkling of jewels is all around. Mesmerizing, captivating diamond necklaces are shown on pedestal busts. Through the glimmers of jewels, sales counter is slightly seen, mostly through a covered foreground.

V.O. OF TINA.

ऐसे इच मैं एक बार जौहरी बाज़ार के एक शॉप पे गयी...। ...आफिस के काम से...! ...जैसे ही मैं अन्दर पहुँची...तो...

Tina, through her back shot, is seen approaching to the counter. She is in silhouette, soft focus, foreground position.

Back of a well dressed man is seen turning to a slight profile position. A fascinating, gorgeous, astonishingly beautiful woman is on his side.

Camera closes to the woman. She watches a precious necklace and talks to the girl on counter. Her voice is inaudible. She glances occasionally to the man with soft sweet smiles.

Camera closes and stops at man's face. He is Mulgaonkar.

Tina's voice is heard in the background as she is telling it to Bunty-

VOICE OVER

तो बंटी मैंने ...मालूम.? ...पापू को उदर पे देखा...! वो अकेले नहीं थे...उनके साथ एक औरत थी...! ओह...इत्ती खूबसूरत... औरत...! ...वो कोई नेकलेस खरीद रही थी...! ...फिर दोनों बाहर निकले...बिल्कुल मेरे पास से...मैंने कहा...

Counter girl gives that woman the box and Mulgaonkar pays the bill, opening his briefcase and taking out a couple of bundles of currency.

They turn and cross over from the side of Tina.

Tina whispers softly.

टीना : *(बहुत ही धीमी फुसफुसाती आवाज़ में)* ...पापू...पापू...

Mulgaonkar gives a glance towards Tina but moves on with the woman. The woman is holding his hand as they walk away to the taxi waiting outside. They get inside. Taxi goes off.

54. EXT. SEASIDE–DAY

Sun has almost set leaving an orange tone in the darkening horizon. Tina and Bunty are walking back from the rocks slowly. Tina continues to talk while Bunty listens to her attentively.

टीना : ...बंटी...मेरे को लगता कि पापू ने देखा था मेरे को...उस रोज़.! लेकिन वो मेरे को जैसे पहचानते ही नईं थे...! बिल्कुल अजनबी...! मैं सोची कोई पापा जैसा ही दूसरा आदमी है...! ...मेरे तो... कुछ भी ...समझ में नईं आता...

बंटी : *(गम्भीरता से सोचते हुए)* ...मेरे को लगता टीना... कि तेरे पापू का एक डबल लाइफ था...!...

टीना : *(एक चट्टान पार करते हुए अचानक गिरते गिरते बचती है)*...क्या...ये...क्या बोलता तू...बंटी ?

बंटी : ...लगता मेरे को जो...मैं वो इच बोलता तेरे से...!.तेरे पापा का एक डबल लाइफ था, जिसको तू नईं जानती...! पापा ने छुपाया तेरे से...। और अगर नईं था डबल लाइफ...तो ...फिर *(रुक जाता है और गहरी आवाज़ में कहता है)* ...तो फिर... कोई न कोई तेरे पापू का डबल जरूर है कहीं...इस मुम्बई में...

Tina looks dazed at what Bunty has said.

Suddenly, Bunty holds her hands and says in a deep shaky voice:

बंटी : टीना ...! एक बात बता...!...तूने पापा का डेड बॉडी देखा क्या अपनी आँख से...?

A sea bird flies off from the rock with a ferocious sound of its wings.

INTERVAL

55. EXT.UNDER A TREE –DAY

An urchin, bearded and in rags is lying on the bench. Dada *(limping)* and Inspector Bhinde are seen in the background, coming to the same direction.

The Urchin takes notice of them and appears in great discomfort. Dada and Bhinde keep on coming, the urchin is showing all possible forms of restlessness.

Dada comes, looks at him and shouts:

दादा : अबे ...! चोल फूट इदर से...

(फटीचर आँख मूँद कर सोने की कोशिश करता है)

दादा : *(जोरों से)* भाग स्साल्ला ...गोंदा कोरता है बेंच...*(गला फाड़ कर)* भाग...

The urchin looks frightened and walks away very fast.

Dada sits on the bench.

Inspector Bhinde is pacing up and down while Dada Bhattacharji starts rubbing charas on his palm.

भट्टाचार्जी : भौत बोला था होम रोहित लाल को...! आगा–पीछा ...सोब समझाया पोरोंतू उसका खोपड़ी में नईं घुसा आमरा बात...! बंधू, आमरा तो फर्ज बनता था सोमझाने का...! कुलीग था वो महाराष्ट्रा बैंक में...! बाजू का सीट पोर बैठता ...भोजोन साथ ही कोरता...

भिंडे : *(आकर उसके पीछे खड़ा हो जाता है)*... दादा...! एक बात बताओ ...मुलगाँवकर ने बैंक की नौकरी छोड़ी क्यों ...?

भट्टाचार्जी : ...*(चिलम में गाँजा भरते हुए)* ...बैंक का नोकड़ी? नोकड़ी का क्या कोरता वो रोहित लाल...! वो तो स्साला रातों–रात

करोड़ों का आसामी बोन गया...! कोरोड़पोती...! क्या लक था...उसका! बोंधू रे... भोयानक... भोयानक...!! दो टके का फिसड्डी नोकड़ी का क्या कोरता वो ...?

भिंडे : *(जेब में हाथ डाल कर ढेर सारा बबलगम निकाल कर मुँह में ठूँस लेता है और जल्दी–जल्दी जानवरों की तरह चबाने लगता है। वह बेंच के पीछे खड़ा है, इसलिए दादा उसे देख नहीं पाता।)*...मेरे तो खोपड़ी में घुसती नहीं दादा तुम्हारी बात...! क्या वो ...उदर ...जीत के आया ...स्टार प्लस वाला 'कोण बनेगा बैंचो क्रोड़पत्ती'...वाला प्रोग्राम से...?

Dada Bhattacharji bursts out in a loud laughter. He inhales a big puff charas from the chilam.

His face is covered with the dense smoke. He thumps the chilam to put down its flame and says.

भट्टाचार्जी : ...अरे वो प्रोग्राम क्या जीतेगा साला भूतिया...! ...भेजा तो ऊपर से पोला था ना...। एकदोम पोला...! भेजा होता तो स्साला मरता उस रंडी के पीछे...! ...बोलता था होम...! ...खूब बोला कमीने से...अरे ओ चूतिया ...पइसा आया इतना...तो ऐश कर...! साली को ठोंक ...लाइन लगा दे...छोकड़ियों का...! हर रोज़ बदल...! ...स्साला जैसा अपुन चड्डी बोदलता ...मोजा बोदलता...रोज़...! पोरंतू...वो क्या बोला आमरा से मालूम, भिंडे...?

भिंडे : ...क्या बोला दादा...?

भट्टाचार्जी : *(सुट्टा खींच कर हँसता है)* ...बोला हरामी ...होम इश्क कोरता है...*(हँसता है)* ...चूतिया ...इश्क कोरता है! होम बोला ...*(जोरों से)*...तो स्साला मर...*(खाँसते हुए गाता है)*...जो इश्क कोरेगा...वो होरामी मोरेगा...

Dada smokes deeply this time. Flame rises over his face. Suddenly his face starts contorting. Camera closes to observe his wrinkles. His voice is trembling when he says.

भट्टाचार्जी : ...उसको अमीर बोनाया होम...! ...होम ...बिकाश चोंद्र भोट्टाचार्जी...! होम बोनाया उसको करोड़पति...! फटीचर साला...! अपनी बीवी का पालतू कुत्ता...! ...किस्मत पोलट दिया रोहित लाल मुलगाँवकर का होभ...! बिकाश चोंद्र भोट्टा...

Dada Bhattacharji suddenly gets up from the bench and starts walking. He appears to be perturbed. He limps while walking in a weird manner. Inspector Bhinde follows him silently. Dada Bhattacharji speaks as if he is talking to himself.

भट्टाचार्जी : उस रोज़ होम लेके गया उसे भांडुप... उदर वो गुलशन कमाठी मिलने को बोला था...आमरा को बी साला लालच था कोमीशन बनाने का...! तो होम बोला उस कमीना रोहित लाल से कि चल होम

तूमरा किस्मत पलट देगा...फोटाक से...! बोला होम...रोहित लाल, दादा तूमको इदर गटर से उठाकर उदर जन्नत पे बिठा देगा...! ...रंक को राजा बनाता दादा भट्टाचार्जी...! होम जीनियस...जीनियस...!

Suddenly he stops and turns back, staring straight and deep in to Bhinde's face. Bhinde is taken aback by Dada's sudden turn.

भट्टाचार्जी : ...*(खरखराती हुई अजीब सी आवाज़)*...ए... साला भिंडे...! ...तूमरा को बी कोरोड़पोति बनायेगा ...*(जोरों से)* बिकाश चोंद्र भट्टाचार्जी... बोलो बनेगा करोड़पति...? *(वह भिंडे को घूरता है)*...लेकिन स्साला किसी खोकी का पीछू बोरबादी नहीं मचाने का...! सोमझा...?

भिंडे : समझ गया दादा ...समझ गया... सोब सोमोझ गोया...

Suddenly a strong wind comes whirling around. Dry leaves fly.

Dada Bhattacharji and Bhinde both disappear behind the dust and gale.

56. EXT. MUMBAI ROADS–DAY

Toppish long shot shows crowd and busy traffic on a Mumbai road. Buses, two-three wheelers, pedestrians all are seen to show the peak hours of the day in city's life.

Camera follows a taxi moving through the traffic.

VOICE OVER

भट्टाचार्जी : ...वो दिबोस था फ्राइडे...! शुक्रवार...! ...भौत बड़ा टर्निंगप्वायंट रोहित लाल मुलगाँवकर का जीबोन का...!
रोज़ रोता था वो कमीना...फोटीचर...! ...केंचुआ का लाइफ था उसका...! ...भोर सात बोजे लोकल पोकड़ता, धोक्का खाता ...दफ्तर आता...और दिन भर कोलम घिसता...!
आमरा दिल पिघोल गया ...मोम का माफिक...! होम बोला ...चोलो आमरा साथ...हम निकालेगा तूमरा को इस गोंदे गटर का लाइफ से बाहर...

57. INT. INSIDE TAXI–DAY

Camera is on the windscreen of the moving taxi.
There is the reflection of an unfamiliar face, with mustache in the driving mirror.This is the stout, hefty, dark skinned man sitting on the front seat beside the driver.
Dada Bhattacharji and Mulgaonkar are seated on the rear seat.
He is grim and serious.
The man from the front seat turns his face back -face has a scar on cheek.

डूंगर : मालूम दादा...वो था न साला बीरू बलियावाला...! ...वो उल्हासनगर में जो पाँच माला का कोठी बनाया पीछू साल...

भट्टाचार्जी : ...वो बीरू बोलियाटिक...रोहतास चावला का चेला...?

डूंगर : *(टेढ़ी हँसी के साथ)*...हाँ वोईच...!...कल रात को सलफास पी के मर गया!... खल्लास...! बीवी और एक बेटी को भी ठंडा कर गया साला...!

भट्टाचार्जी : ...*(बोतल से एक घूँट मारता है)* ...बोला था मैं उससे कि अब...बन्द कर...! ...फूट ले बोंधू...!... हुआ क्या?

डूंगर : ...वो शारजाह वाला मैच था न...! दाऊद भाई ने लगा दिया तीन खोखा ...पाकिस्तान पे ...*(हँसता है)* ...दोनों मैच हारा ना पाकिस्तान...

भट्टाचार्जी : ...*(खुश हो कर)* ...रोहित लाल...तूमरा किस्मत का फाटक खुल गया...! दाऊद बोंधू आया ना...! ...बिजनेस जोंप मारेगा... *(तगड़ी घूँट मारता है। बोतल मुलगाँवकर की ओर बढ़ाता है लेकिन मुलगाँवकर नहीं लेता। डूंगर बोतल लेकर कई लम्बी घूँट मारता है।)*

Suddenly taxi stops. It is a Police check point.

A constable comes and peeps in side. Dungar gives a smile and takes another gulp from the bottle. Cop smiles at him.

पुलिस वाला : ...अरे कईसा है रे डूंगर...? आया नईं कई रोज़ से? धन्धा कइसा चल रहा रे...?

डूंगर : ...पहुँचता है...! पहुँचता है...साब...!! कुलकर्णी साब को सलाम बोलना...

The cop signals the taxi to move on. Dungar smiles wickedly and says.

डूंगर : ...माँगता है साला कुत्ता...! जित्ता टुकड़ा डालो ...पेट नहीं भरता सालों का ...

Mulgaonkar is sitting calmly, looking out of the car's side windows.

Taxi stops before a building. Banner displays 'Paropkari Credit Company' 'lakhon ke inaam' '0% interest' etc. on top of the gate.

58. EXT. OUTSIDE A SHOP–DAY

Taxi stops just at the entrance of the shop.

Dungar and Dada get down from the taxi and move up to the shop.

Mulgaonkar remains seated inside.

As they enter the front passage, a hefty darkish man, sitting on a cozy chair, across a huge table, clad in a white kurta-pajama, gives a big smile to them.

प्रिंस : ...*(मुस्कुराता हुआ)*...का रे...डूंगर...!...ढेर दिन में आया इदर...

डूंगर : ...सलाम प्रिंस,...वो जरा हवा खाने चला गया था...परसों ही जमानत हुआ...

प्रिंस : ...और...दादा! ...सुट्टा चल रहा है ...कि बोतल...

डूंगर : ...प्रिंस...! दादा...ले के आया इदर एक तगड़ा ...स्टेनलेस स्टील का आसामी...

प्रिंस : ...*(चौंक कर)* ...किधर है...?...

डूंगर : वो उदर टैक्सी पे...

Dada from the door, looking outside towards Taxi, signals Mulgaonkar to come.

दादा : ...आओ बोंधू...आओ...

59. EXT. OUTSIDE SHOP–DAY

Mulgaonkar gets out from the back door and walks to them.

60. INT. INSIDE THE SHOP–DAY

Mulgaonkar walks in. Prince gets up from his chair and greets him.

प्रिंस : ...आइए...आइए...!

दादा : आओ बोंधू...! ये आमरा बोंधू...रोहित लाल मुलगाँवकर...ऑफिसर इन बैंक ऑफ महाराष्ट्रा।

Prince opens the door of the betting hall and moves in. The three follow him, while talking to each other–

डूंगर : ...ये प्रिंस...गुलशन कमाठी...किंगमेकर... अक्खा मुम्बई जानता...

61. INT. BETTING HALL–DAY

On two TV monitors, live cricket match is on.

There are 5-6 boys and girls, few of them working on computers, few watching the cricket match on TV screen, and few attending and answering telephone calls.

दादा : ...की बोला तूमि डूंगर *(हँसता है)* ...मुम्बई मात्र नोईं...अक्खा सोम्पूर्ण दुबई, आबू धाबी, साउथ ओफ्रीका...सारा सोंसार जानता गुलशन कमाठी प्रिंस का नाम...

प्रिंस : ...अच्छा ...अच्छा...बस...बस...! मसका नहीं होने का...! *(हँसता हुआ)*... हम तो मामूली जनता का सेवक...

A boy is talking on telephone–

लड़का : ...ऊपर का पाँच नीचे का पचीस...! हाँ जी...! ...चल रहा है अभी...! वन सेवेंटी सेवेन फार सिक्स...! हेंसी क्रोंनिए खेल रहा है...

प्रिंस : *(लड़के से)*...बोल...प्रिंस के पास चिल्लर का टाइम नहीं है इस वक़्त...। सौ यूनिट के नीचे कोई पट्टी नहीं...

(लड़का उसे घबराया हुआ देखता है)

(डाँटता हुआ)...मुँह क्या ताकता...बोल... मक्खी मार के हाथ पे बदबू नहीं फैलाता मैं...!

लड़का : *(फोन पर)*...नहीं,...नहीं... फुटकर ...चिल्लर बन्द...! ...सौ–दो सौ इक्का के नीचे बात

नहीं...*(चौंक कर)*...अच्छा ...तीन का लगा दूँ...? ...हाँ नम्बर नोट करो...

(कम्प्यूटर पर बैठी लड़की बोलती है)

लड़की : ...बारा बत्तीस चवालीस पाँच...

लड़का : *(फोन पर दोहराता है)* ...बारा बत्तीस चवालीस पाँच...

Monitor of TV. A batsman has hit a four. There is a loud noise, applaud.

डूंगर : ...वाह क्या बात है प्रिंस...धड़ाधड़ चल रहा धन्धा...! ...दोनों हाथों से काट रहा रोकड़ा ...*(हँसता है)*

Cut to a boy, who is holding a call on telephone.

लड़का : सर...! ये सत्रा पचासी तेरा पाँच मुलचंदानी बोलता...चुकता करने को ! इसी ओवर में चौका पे डाला था सर...

प्रिंस : कितना बनता है...

(कम्प्यूटर पर बैठी लड़की जवाब देती है)

लड़की : अस्सी हजार...सर...

प्रिंस : *(जोरों से गुस्से में)*...चुकता कर...चुकता कर...! ...हग दिया स्साला...! मच्छर...! माच्चो...डरपोक...!

We cut to Mulgaonkar and Dada.

दादा : *(मुलगाँवकर से)*...देखा रोहित लाल...! मायालोक का बाजीगोर है गुलशन कमाठी प्रिंस...! दो हजार करोड़ से ऊपर का बिजनेस...। पूरा क्रिकेट टीम को ओपना पाकिट में डालता...

डूंगर : ...क्रिकेट टीम ही नईं अक्खा बालीवुड और वो साला पुलिस और गवर्नमेंट...

दादा : *(जोरों से हँसता है)* ...प्रिंस...वो ...होममिनिस्टर... भंडारकर...

Prince also bursts out in laughter and while laughing, points to the wall, where hangs a big framed photograph of the Hon´ble. Home Minister. Prince is shown feeding him laddoo, on the inaugural ceremony of Paropkari Credit Society.

Dada and Dungar, both look at it and join in the laughter.

Mulgaonkar looks around bewildered and dazed.

Suddenly a boy comes to Prince and says.

लड़का : *(फुसफुसाता हुआ)* ...शाह का फोन है सर...! पच्चास पेटी डालने को बोलता...

प्रिंस : *(खुश होकर)*...डाल दिया ना...?...

लड़का : *(मुस्कुराता हुआ)*...हाँ,...वो तो सिरफ बताने को आया...

प्रिंस : ...अबे, सलाम, मैं तेरा सैलेरी बन्द करके कमीशन पे रक्खेगा...इस महीना से...! *(दादा से)*...गटर से उठा कर लाया मैं इस छोकड़े को! माँ इसका बरतन माँजती थी। पढ़ा–लिक्खा नहीं कुछ भी...! पच्चीस हजार मैं देता इसको पगार...! कमाल का छोकरा...! तीन फिक्सर ला के दिया मेरे को अब्भी इसी महीना...

दादा : *(संजीदगी के साथ)*...अच्छा अब काम का बात कोरने का...। ...*(आगे झुक कर)* देखो, ये आमरा कुलीग...! एकदोम भाई का माफिक...! रोहित लाल मुलगाँवकर...!! भौत सच्चा, एकदोम मामूली आदमी...

प्रिंस : ...मामूली आदमी...! हम सब समझ गया दादा! बताने का जरूरत नहीं! मैं भी मामूली आदमी...! किस्मत ने मेरे को गैर–मामूली बनाया...

डूंगर : *(हँसता हुआ)*...प्रिंस...! क्या बात करता तुम...! तुम तो अब वी वी आइ पी हो गया... भौत साला इंपाटेंट पर्सनालिटी...

दादा : अबे...इंपोटेंट नहीं ...इंपार्टेंट ...पर्सनालिटी...

प्रिंस : ...दादा, सही बोलता ये डूंगर...सब साला इंपोटेंट...हिंजड़ा...*(अचानक गम्भीर होकर)* दिल पे हाथ रख कर बोलता...अपन आज भी मामूली आदमी...! वो ही छोकरा ...भोरे दी हट्टी में साला जूठा प्लेट धोता ...मालिक का लात और घूँसा खाता था... *(हँस कर)*...हाँ तो दादा...बोलो...!...क्या खिदमत कर सकता मैं...तुम्हारा दोस्त का...

दादा : ...ये थोड़ा–सा रोकड़ा डालेगा इस मैच पर...। कोई बेईमानी नहीं होने का इसके साथ...! हम लेके आया इसे तुमरा पास...

प्रिंस : फिकर नहीं करने का...! बिल्कुल...! बोलो कितना रोकड़ा चढ़ा दूँ इसके नाम...! कैश नईं तो भी कोई बात नईं...

Dungar, Dada, Prince and all working at Paropkari Credit Company stare at Mulgaonkar in anxiety.

Camera shows Mulgaonkar in close. His lips are trembling and he is under deep distress.

Mulgaonkar looks at Prince and says.

मुलगाँवकर : दस लाख लगाता मैं...दस लाख रुपिया पूरा...

Camera travels to show stunned faces of all.

मुलगाँवकर : दस लाख लगाता मैं, अपना पूरा पी एफ डालता मैं, अपना मकान डालता मैं...सारा सेविंग लगाता मैं पन्द्रा साल की सर्विस का...

Tension and anxiety builds up. A pregnant pause. Mulgaonkar finally comes out with his final words.

इंडिया की टीम पे...

दादा : *(जोरों से पकड़ कर मुलगाँवकर को हिलाता है)*...पागल हो गया तूम...? बावला हो गया तूम बोंधू...*(प्रिंस को देख कर)* ...ए प्रिंस...जरा सोचने का टाइम दो इसको...! इसका खोपड़ी घूम गया आमरा को लगता...

डूंगर : ...इंडिया की तो लग्गी भी ऊपर जा रही...! हारेगी वो मैच...! साउथ अफ्रीका पे लगा यार...

दादा : *(पकड़ कर मुलगाँवकर को खींचता है)* ...ए ...ए...तूम बाहर चोलो आमरा साथ...!!

चोलो...!! *(प्रिंस से)* ...हम आयेगा फिर आयेगा...प्रिंस...! बाद में आयेगा...

There is confusion all around. Close shots show different faces in bewilderment and excitement. Mulgaonkar looks pathetic but firm. Suddenly Prince Kamathi says.

प्रिंस : दादा ठहरो...!...हर कोई ज़िन्दगी में एक बार जुआ खेलता...! एक बार अपने लक को आजमाता...! एक चांस लेता...!

लाइफ और क्या है ? हम बोलता है ...सिर्फ एक चांस...!! इदर या ...उदर...! आर या पार...!!

दादा, खेलने दो इसको अपनी लाइफ का जुआ...रोको नहीं...!...दुनिया देखेगा टीवी पर इंडिया साउथ अफ्रीका का मैच, और हम लोग देखेगा...रोहित लाल मुलगाँवकर का लाइफ का जुआ...

(जोरों से चीख कर)

...सलाम! डाल दे दस लाख...

लड़की : ...रोहित लाल मुलगाँवकर...बाइस सत्रा डबल थ्री...

दादा : *(उसकी आवाज़ काँप रही है)* बाइस...सत्रा डबल थ्री...!! टू... टू...वन...सेवेन ...थ्री... थ्री...

Mulgaonkar's face appears close on full screen, showing anxiety, nervousness, tension. His fingers tremble. This all supported by an appropriate sound.

62. INT. INSIDE A COMPOUND–NIGHT

A huge, gigantic screen, where cricket match between India and South Africa is being projected. Live.

Sachin Tendulkar is bowling the last over of the match. SA requires just 6 runs to win.

Dada and Mulgaonkar are sitting in the back row. Their faces show gloom of certain defeat.

The last batsman is run out.

India win by 2 runs.

Stadium's applause.

There is colorful sparkling of bulbs and beaming, dancing laser-rays. Dada, Dungar, Prince and all staff including girls are in jubilation. All are dancing, cheering, and hugging each other.*Loud sounds of busting of crackers.*

(There could be a song here showing the energy of celebration.)

Mulgaonkar is being dragged and hugged by Prince, Dada and Dungar. Girls and socialite women are after him. He is sweating and bewildered. Dada holds a bottle of whiskey while dancing, drinking occasionally. Prince opens a champagne bottle with sound. Suddenly all three pull Mulgaonkar and pour bottles of whiskey over him from all sides. He is drenched.

Song continues.

Scene clearly conveys that Mulgaonkar has won the bet with India´s victory against South Africa.

63. INT. A LUXURIOUS HOTEL–NIGHT

Mulgaonkar and Dada are sitting over a table. Vast glass windowpane shows they are on top –at least fifteenth floor of a multi-storied building.

A waiter clad in a royal uniform, with a heavy turban puts drinks and snacks on the table and stands watchfully with all antiquate respectfully.

Dada stares at him angrily.

दादा : तूम जाओ बाबा अब...! कुच्छ माँगना होगा तो हम बोलेगा तूमको...! सिर का उप्पर खोड़ा नईं होने का ...

Waiter bows and moves away. Dada starts with his quota.

दादा : *(मुस्कुरा कर)*...तो बोंधू...! तूम तो हो गया कोरोड़पति! ...ए...ए...भोयानक...ओप्रोतिम... तूमरा लक बोंधू...! साला चौबीस घंटा भी नईं लगा गटर से इदर तक आने में...! खूश तो है ना...? कि अब भी दिल बोलता कि हम तो रोयेगा...

मुलगाँवकर : *(एक छोटा–सा सिप लेकर)*...रोयेगा क्यों दादा? और दादा खुश भी क्यों होएगा ? ...यकीन करो बिकाश चंद्र...मुझको लगता ही नहीं कि मैं इतना अमीर हो गया...बस पलक झपकते...

दादा : ...की बोलता बोंधू...?

मुलगाँवकर : *(एक लम्बी घूँट लेकर)*...हाँ, दादा...मुझे लगता जैसे कोई गुब्बारा ...हवा का...! फूल के इत्ता बड़ा हो गया...!
...फिर एक कोई पिन चुभा और सारी हवा फुस्स...!
...फिर वही...लोकल का सफर, सात बजे से रात दस बजे तक की मारामारी, रोजी–रोटी का चक्कर,...वही रोज रोज की बासी जिन्दगी...! ...*(एक और घूँट)* लगता सब जैसे एक सपना...! एक जादू...!

दादा : ...ए मुलगाँवकर! ये साला कोई पीसी सोरकार का मैजिक शो नई...! तुम टिकट खरीद कर कोई जादू का शो देखने नई आया बोंधू!...
देखो...ये...सोच है होकीकत ...कि तूम ...रोहित लाल मुलगाँवकर, साला कल का फोटीचर, बैंक का क्लर्क, आज एक कोरोड़पति है...कोरोड़पति...!...
...तीन करोड़ का मालिक...

मुलगाँवकर : *(भावुकता के साथ)*...मैं तुम्हारा अहसान मानता ...दादा! ये कइसा दुनिया मुझको दिया तुम...! ...मैं नींद में भी कब्भी नईं सोचा कि मैं कभी अइसा जादू के बीच पे आ बैठेगा...!

दादा : *(खुश होकर एक तगड़ा घूँट मारता है और जोरों से आवाज़ मारता है)*...ए...ए..

इदर का टेबुल को कौन देखता...? दो लार्ज मारने का इदर ...शिवाज रीगल... सोडा के साथ...

(आगे झुकते हुए। फुसफुसा कर।) ...ए रोहित...! क्या कोरेगा तूम इतना रोकड़ा का सोचा कुछ? कोई प्लान बनाया क्या?

Mulgaonkar remains silent, thinking.

Uneasy pregnant pause.

Dada is constantly watching him with probing looks.

Waiter comes and puts drinks on the table.

Mulgaonkar, suddenly picks up the glass and gulps it in a go.

Dada is petrified. Mulgaonkar laughs.

मुलगाँवकर : दादा,...जिन्दगी में आज तक कब्भी कोई प्लान नईं बनाया मैं...

बस एक लाइफ था मेरा, उसको जीता रहा मैं...! सोचो, प्लान बनाता, ...तो ये सट्टा जीतता मैं ? ये तीन करोड़ मेरे पास बिना प्लानिंग के आया...दादा.!

तो जिएगा मैं...! तीन करोड़ का भी जिन्दगी जिएगा मैं...!

दादा : *(नशे में जोरों से चिल्लाता है)* ...ए ...ए... बोंधू...! इस टेबुल पर कौन है...? कौन है...इदर?

A waiter comes rushing to the table. Dada gives him a terse look and says.

दादा : ...ए बोंधू! लार्ज ...एक्सट्रा लार्ज ...नईं... पुरा बोतल ले के आओ...दो ठो बोतल...

और सोडा...! हम दारूबाज नईं...! होम टैंकर...टैंकर...*(जोरों से चिल्लाता है)* ...हम साला बिल क्लिंटन का बाप...! होम बिकाश चोंद्र भोट्टाचार्जी ...जीनियस...!! होम साला करोड़पति का बाप...! होम टैंकर ...टैंकर...! होम पूरा बार पी जायेगा... साला...

People sitting on other tables watch him amused. A few show irritation. Dada's voice sinks down.

64. EXT. ROAD–NIGHT

Mulgaonkar and Dada are sitting in a decorated Victoria, pulled by big black Anglo-Arabic Horse.

Dada is shouting with his full throat. His voice echoes in the late night ambiance.

Street lights, very occasional cars. Road wears a deserted look.

Pedestrians are seen sleeping or sitting in clusters.

Dada shouts, sings and creates all sorts of nonsensical noise. Suddenly, in a spurt of emotion he throws wad of currencies in the air.

100, 50, 10, 5 currencies fly against the dark sky and distant street lamps.

Beggars and pedestrians rush to pick them up.

Scene ends in ecstasies and pandemonium.

65. EXT. UNDER THE TREE–DAY

From the back of chilam's flame and dark smoke, the face of Dada is revealed. He coughs a little.

Inspector Bhinde silently listens to him.

दादा : भिंडे..., उस रात वो जो बोला था ना ...कि होम अपना जिन्दगी जिएगा ...तो वो स्साला फोटीचर अपना जिन्दगी जीने लगा ...! ...मवाली साला!

होम भौत बोला कि देख मुलगाँवकर..., इस दुनिया में कोई अपना जिन्दगी नहीं जीता...! वो भोगवान भी आता इदर ना तो उसका भी हुलिया टाइट हो जाता ! जिन्दगी से पंगा मत ले...पंगा मत ले... उसको भौत समझाया होम...

(उठके खड़ा हो जाता है और लँगड़ाता हुआ चलता है)

...भिंडे, वो फोटीचर अपना किसमत का चांस से कोरोड़पति तो बन गया, पर साला था भीतर से कबाड़ी का कबाड़ी...! हम बोलता उधर साउथ को जा, तो वो साला उदर नार्थ को जाता...

भिंडे : *(पीछे–पीछे चलता है)* ...दादा, उसने किया क्या तीन करोड़ रुपये का...? कोई रियलएस्टेट में इनवेस्ट किया क्या...?

Dada stops, takes a turn, looks at Bhinde and then bursts out in a loud laughter.

दादा : *(हँसते हुए)*...ए...ए...क्या बोला तूम...? क्या बोला...? वो साला कबाड़ी रियल स्टेट में इनभेस्ट कोरेगा...? वो दो कौड़ी का फोटीचर साला...! मवाली...! उसका नाम से होमको ओबकाई आता...!

मालूम भिंडे...एक बार साला होम उसको मौर्या शेरॉटन ले के गया...! कांटीनेंटल डिनर मँगाया...! दुनिया का सबसे कास्टली इंपोर्टेड ड्रिंक...मालूम वो मवाली क्या बोला...?

भिंडे : ...क्या बोला...?

दादा : *(गुस्से में)* ...वो बोला ...होम तो ताड़ी पियेगा और भात में झिंगा मच्छी सान के खायेगा...! मच्छी भात...! सारा रुपया बरबाद किया ...कमीना ने...!

Suddenly Dada, while speaking, starts shivering in a weird manner. He is likely to collapse. Bhinde is petrified. He holds Dada in his arms.

भिंडे : दादा...! दादा...! क्या हुआ...? ...क्या हुआ...?

Dada is sweating profusely. His whole body quivers as in a state of epileptic fit.

Bhinde, holding his body helps him to lie down on the ground.

Dada is under a fit. Bhinde watches him petrified.

Dada's convulsions rise to the peak.

Bhinde attempts resuscitation actions to revive him.

Suddenly Dada smiles at Bhinde as if nothing had happened. He gets up. Bhinde is surprised.

दादा : *(मुस्कुराते हुए)*...डोर गया था बोंधू...? ...आमरा बीवी भी डोर जाता हाय...!

भिंडे : दादा, ये तो मिरगी आता तुमको क्या...,?

दादा : *(उठ कर खड़ा हो जाता है)*...धोत्...! धोत्...!...मिरगी–फिरगी कोच्छ नईं आता होमको...!...होम ठीक! साला तूम अपना खयाल कोरो...! ...

भिंडे : लेकिन दादा, तुमको डॉक्टर को दिखाना माँगता...

दादा : *(गुस्से में चीखता है)* ...ए...ए...साला...! होमको सिम्पैथी दिखाता...! सिम्पैथी दिखाता...!...हम ठीक हैं...! तूमको उस कमीना मुलगाँवकर का लाइफ का बारे में सुनने को माँगता ना...? बोताएगा तुमको...! *(घूर कर भिंडे को देखता है)* ...हजार टका देना...मेरे को जरूरत है...

भिंडे : *(सकपका कर)*...क...क्या...?

दादा : *(बेरहमी से)* ...एक हजार निकालो...! आमरा का जरूरत हैं निकालो जोल्दी...!

Bhinde looks at him then brings out his wallet from his pocket and gives him money.

Dada counts hundred rupee notes close to his face, smiles wickedly and walks away humming a Bengali song.

Bhinde looks at him puzzled.

Dada waves his hand in air without turning back and says:

दादा : ...जाच्छी...जाच्छी...आमि जाच्छी बाबा... *(गाता है)* ...तूमी ऐकला चोलो रे...! ...कोल आना इदर...कोल...! थ्री ओ क्लॉक ...टुमारो...!!

(भिंडे परेशान सा दादा को जाता हुआ देखता है)

66. INT. MULGAONKAR'S FLAT–DAY

POV of Krishnamurti through binocular– he slowly explores the bedroom of Mulgaonkar. Sushila enters the room. Puts something inside the cupboard, shuts it and comes to the dressing table.

She is brushing her hair. She looks attractive.

67. EXT. MULGAONKAR'S FLAT–DAY

A slightly toppish shot of Mulgaonkar's flat. Krishnamurti climbs stairs hurriedly and rings the door-bell.

Door opens and he moves inside.

68. EXT. BUILDING UNDER CONSTRUCTION–DAY

Jafri and Pandey watch this from an adjacent building under construction.

जाफरी : *(लम्बी साँस लेता है। संजीदगी के साथ।)* हूँ...! तो वैसा इच हुआ, जैसा मेरा लाइन ऑफ इनवेस्टिगेशन मेरे को सिगनल दे रहा था।

(पाण्डे बेवकूफों की तरह उसकी ओर देखता है)

पांडे : ...क्या हुआ जाफेरी साहेब...*(दाँत निकालकर)* ...ससुर बहुतै चालू चीज है ऊ मदरासी ...मौका ताड़ के घुसा फ्लैट के भीतर...*(पतली आवाज़ के साथ)* ...छक छक के डुबकी लगायेगा ससुर...

जाफरी : *(डाँटता है)* ...चोप्प यूपी के भइए...! ये साला फिल्म एक फूल दो माली का स्टोरी नहीं है!

(संजीदा हो कर, गहरी आवाज़ में।) ...मामला सीरियस टर्न ले गया पाण्डे...! वो कृश्नामूर्ति कोई जोकर नहीं...अंडरवर्ल्ड का एजेंट है...

पाण्डे : *(सकपका जाता है)* ...अएं...! बाप रे...!!

जाफरी : हाँ, और मेरा दिमाग कहता है कि मुलगाँवकर के कतल के राज की असली चाबी इसी शख्स के पास है...! बिना शक...!

...और सुशीला या तो इसमें शामिल है, या फिर वो सिर्फ बेवकूफ बन रही है...

69. EXT. MULGAONKAR'S FLAT–DAY

Bunty and Tina on mobike as it comes and stops before Mulgaonkar building. Tina gets down from the back seat and moves to the stairs. She turns and signals Bunty to come up.

Bunty, after parking the bike, climbs stairs.

Tina opens the door with her key and goes inside.

70. INT. MULGAONKAR'S FLAT–DAY

On entering, Tina looks towards the bedroom. Krishnamurti is sitting on the bed. Sushila is seen partly, standing. Tina, with a cursory glance, moves to the fridge, opens it and says:

टीना : पानी पियोगे...बंटी ?

Bunty, who has just reached the doorstep, nods.

Tina, after gulping water from the bottle, gives it to him. Bunty takes it.

Tina turns. Sushila has come out of the bed room.

VO of Bunty 'Namastey aunty' is heard. Sushila answers and asks Tina.

सुशीला : *(मुस्कान के साथ)* ...टीना बेटी ...कहाँ जा रही हो? और कौन है तुम्हारे साथ...

Tina, who had gone inside her room and comes back immediately holding a plastic-bag and moves to the front door.

From the front door she looks at Sushila and says.

टीना : ...मैं तुमसे कबी पूछती क्या कि तुम किदर को जा रही...? *(एक पल रुक कर)* ...और कौन है तुम्हारे साथ? ...बंटी, चलो...!

She bangs the door shut.

A quick cut away of the construction building where Jafri and Pandey are still watching.

71. EXT. ROAD–DAY

Tina and Bunty are on a moving mobike.

Bunty asks Tina:

बंटी : *(कुछ देर चुप रहने के बाद)* टीना ...एक बात मैं पूछूँ क्या...?

टीना : मुझे पता है बंटी तुम क्या पूछोगे...*(उसकी कमर में अपनी बाँहें कस लेती है।)*... पापा के बाद वो घर घर नहीं रहा ...!

बंटी : नहीं...!...टीना ...! मेरे को तू ये बता...अगर मेरे को कुछ हो गया तो क्या तू भी... किसी ...दूसरे ...के ...साथ...

टीना : *(उसकी पकड़ ढीली पड़ जाती है। टीना की आँख में आँसू झिलमिलाते हैं। चेहरे पर गहरी उलझन है।)*

बंटी : ...तूने जवाब नहीं दिया टीना...

टीना : ...*(उसकी आवाज़ में अजीब–दर्द है)* ...बंटी, बोल अगर यही सवाल मैं तुझसे पूछूँ तो...

Bunty is taken aback. He takes a hand off from the handle of his bike and grips Tina's hand.

All their fingers entangle and tremble in intense passion.

The Tina-Bunty song begins.

(Playback song. A fast paced love song)

72. EXT. UNDER THE TREE–DAY

The Urchin seen before is sleeping on the bench.

Dada walks limping coming to the bench in the background.

The beggar takes notice of him and is in discomfort.

Dada is approaching fast.

Urchin pretends to sleep.

Dada reaches at the top of him and shouts aloud.

दादा : ...भाग स्साल्ला इदर से...! बेंच गोंदा कोरता ...हाय...! *(जोरों से चीख कर)* ...भाग...

The urchin gets up, walks away fast, reaches to his favorite tree and settles down.

Dada, settling himself on the bench, starts preparing his chilam.

Bhinde comes.

भिंडे : नोमोशकार दादा भट्टाचार्जी...! *(हँस कर)* अरे दादा, छोड़ो आज ये चिलम सुट्टे का चक्कर...
(कमर में से व्हिस्की की बोतल निकालता है) ...देखो अपन आज तगड़ा माल ले के आया...

दादा : *(दादा की आँखें चमकती हैं।)* ...ओह.. .टीचर्स है ये तो...! ए भिंडे ...! तूमको बोनाएगा ...होम कोरोड़पति...*(हाथ बढ़ाता है। उसका हाथ काँप रहा है।)*

Bhinde opens the crown and gives him the bottle. Dada drinks almost half of it, neat. Bhinde watches him and says:

भिंडे : दादा, करोड़पति तो अपन बाद में बनेगा ...पहले तो तुम उस करोड़पति का किस्सा बताओ ...उसका क्या हुआ...

दादा : *(हँसता है)* ...ओह रोहित लाल मुलगाँवकर ...!
(एक लम्बी घूँट फिर मारता है। भिंडे उसके बगल में बैठता है।)
...वो मवाली...बोरीवली का आम्बेडकर खोली का फोटीचर ...होम उससे बोला ...देख, सट्टे का रुपया जइसा आता, वोइसा जाता ...लेकिन वो बोला मैं इससे अपना सपना खरीदेगा...
(गैप)
सपना...

DISSOLVE TO

73. MONTAGE– MULGAONKAR'S NEW LIFE

73.A. EXT. BOAT ON SEA–DAY

Seagulls fly making sounds and cover the sky.

A long, picturesque view of the sea. A lonely boat is on rocking on the waves. Long shot establishes the serenity and the grandeur.

In the second shot, Mulgaonkar, on board the boat, is seen watching the vast skyline and the rolling sea waves. A smile comes on his face when he looks at a seabird taking a dive.

73.B. EXT. HILLS–DAY

A long panoramic view of hills, valley and terrains. Clouds are perched down to almost earth. A herd of white sheep scattered around. A shepherd girl is seen running.

Mulgaonkar is there, smiling at the girl and giving her chocolates.

73.C. EXT. SHOPPING PLAZA–NIGHT

A luxurious shopping plaza in Mumbai. Mulgaonkar is window shopping. He walks against costliest jewelry, electronic gadgets, garments etc. His face is reflected on the glass pane.

73.D. INT. DISCOTHEQUE–NIGHT

Mulgaonkar is in a discotheque. He is drinking.
He leaves his drink and food unfinished and walks out.

73.E. EXT. SHOPPING MALL–DAY

Mulgaonkar with his daughter Tina in a shop. He is buying something for her.

73.F. EXT. SEASIDE–DAY

Mulgaonkar sits on a rock and he is fishing. A fish is caught and he pulls out the string with the fish.

73.G. EXT. LARGE BOAT AT SEA–NIGHT

Mulgaonkar is with a pickup girl. She is cajoling and giggling. He seems quite drowned in his own world. It is chowpatty or Gateway of India. *(Or inside a car)*.

74. EXT. HUT ON BEACH–DAY

Long shot of a small but beautiful hut near sea beach.

Camera shows the topography and location of the house.

75. INT. HUT–DAY

Mulgaonkar is with another man, inspecting it from inside. Mulgaonkar pulls the string of the curtain *(or opens the window)* and there is vastness of sea and its long stretched beach out side.

Mulgaonkar stands at the sill and is mesmerized by the sight.

मुलगाँवकर : *(लम्बी साँस लेकर)* ...मुझे कल ही इसमें पोजेशन लेना है...! कल...!

आदमी : *(उलझन में)* इतनी जल्दी कैसे होगा सर! दो–चार हफ्ता तो लगेगा...ना...?

मुलगाँवकर : मैं बोला ना...! मैं कल यहाँ रहने आऊँगा...! ...अगर नहीं हो सकता, तो सौदा कैंसिल...!

आदमी : *(घबराहट में)* ...हो जायेगा...सर! ...हो जायेगा...! आप कल ही आ जाना...

मुलगाँवकर : कोई चेक का चक्कर नहीं...! सीधा कैश डाउन...

आदमी : *(चापलूसी में)* ...वो तो देख लेगा...! ...आप जैसा नाइस मैन के लिए तो रुपया का कोई सवाल ही नहीं...! कल से ये बंगला ...आपका सर...!

(फुसफुसा कर) बहुत सेफ जगह है साब, ...धन्धा अच्छा चलेगा! पोलीस का तो इदर कुच्छ भी नईं! दुबई से बोट सीदा इदर पर ही रुकता...! ...कोई फिकर का बात नईं साब...! हम तो है ना...! कोई सर्विस के लिए बोलना ...*(हँसता है, खुशामद मे)*

मुलगाँवकर : ...ठीक है...! बोलेगा तुमको...! ...कल...हम इधर आ जायेगा...! समझा...?

आदमी : पक्का सर...! हंड्रेड परसेंट पक्का ...!!

76. INT. INSIDE A BAR–NIGHT

Starts with counter of a five star bar. Girls and boys conversing.

Girl 1 : Hi ! ..seeing u after a long time..?

Girl 2 : *(to the barman)* vodka with lime please...

Mulgaonkar and Dada Bhattacharji are drinking. Dada is high.

दादा : *(नशे में)* ए रोहित लाल...! तूम साला अपना वो बोरीवली का खोली कब छोड़ेगा...? सड़ा सा चाल साला? ...*(एक आँख दबा कर)*...और वो ...? ... खोकी...? ...ऐश कोरो बोंधू...ऐश...! बोलो, होम जुगाड़ लगायेगा तूमारा वास्ते...? ...कमाल का चीज बतायेगा...!

Glamorous girls are seen in the background.

Mulgaonkar silently watches him and signals the waiter to repeat the drink.

Waiter puts down the drink. Dada gulps again.

Mulgaonkar takes a big portion of it.

He is also drunk. Dada continues…

दादा : ...*(फुसफुसाकर)* इदर मुम्बई में हर तरफ से माल आता...! बांगलादेश, नेपाल, दार्जीलिंग...रशिया.! इतना वेराइटी साला दुनिया का किसी मंडी में नई...! हम भौत मोजा लूटा...भौत लूटा! ...अब तो साला और भी ऊँचा हो गया कारोबार...! फाइवस्टार, सेवन स्टार,...माल! ...माडल, मसाज, फिल्मस्टार...! *(झुक कर मुलगाँवकर के चेहरे को देखता हुआ पूछता है)* ए बोंधू...किसी टॉप स्टार के साथ डिनर तूम उड़ायेगा, वो गोवा का होटल में...?

Close shot shows Mulgaonkar is totally drunk but silent.

He gulps the whole glass and gets up.

Dada follows hurriedly gulping his part.

Mulgaonkar with a cursory look at the bill, puts a few hundred rupee notes on the tray.

Bar boy salutes him as they move out of the exit gate.

77. EXT. RESTAURANT AND BAR–NIGHT

In the background is the restaurant, glimmering with colorful decorative lights. Music has faded a little and it is quieter here.

Both are walking away, suddenly Mulgaonkar stops, looks back at Dada, holds him by the shoulder and says in deep moving voice.

मुलगाँवकर : ...बहुत सोचा मैं दादा, ...बहुत सोचा...! ...मेरे को लगा ...वो फाइव स्टार होटल का ऐयाशी, ...वो फिल्मस्टार के साथ मौज–मस्ती...!.वो...इदर किदर पर एक बंगला...एक कार...!! ये तो कोई भी जो सट्टा जीतता, वो तो एइच करता! एइच सब...एइच सब!! खाता–पीता...शॉपिंग करता...रुपिया फूँकता...फिर!
...फिर...इसके बाद...?
(दादा को पकड़ कर हिलाता है। दादा उसको चौंका हुआ देख रहा है।)
...*(जोरों से)* बोलो दादा...!...फिर...? हम पूछता तुमसे ...फिर?

दादा : *(घबराया हुआ)* ...ए...रोहित तूमारा को चढ़ गया...!

मुलगाँवकर : *(दादा के सीने पर उँगली गड़ा कर)*...मैं बताता...तुमको...फिर क्या होता...? वो साला मुकद्दर का सिकन्दर ...करोड़पति ...हगता ...मूतता... तौलिया–चादर गीला करता

...और फिर मर जाता...! ...हार्ट फेल...वो डायबिटीज...भुगर...!!...सब साला एक...! बिल्कुल एक...!! एक दूसरे का फोटो कापी...!!

दादा : *(चिढ़ के साथ)*...तो तुम की कोरेगा बोंधू...? ...की कोरेगा...तीन करोड़ रुपिया का साथ?

मुलगाँवकर : *(उसकी आवाज़ कहीं खो जाती है)* ...दादा...! मैं वो जिन्दगी जिएगा ...जो मैं जीना चाहता...! जिसको खो दिया मैंने...! ...मेरा सपना है दादा...एक छोटा–सा झोपड़ी हो ...उदर...समुन्दर के किनारे...! ...उदर मैं दिन में मछली मारेगा...! *(खुश होता हुआ)*...काँटे में जब मच्छी फँसती दादा तो कित्ता मजा आता ! इतना इन्तजार के बाद एक खुशी...!! ...हम सरसों का तेल में मच्छी को पकाता...!. *(उसकी आँखों में एक चमक सी आती है।)* ...और ...उदर एक कोई...होती...! ...एक...वो ...वो...जो मेरी बोली में मेरे दिल का बात करती...! ...गाती ...जो मेरी माँ गाती थी... वो...गाना...

Mulgaonkar attempts to sing.

पिपरा के पतवा...सरीखे डोले मनवा... के जियरा माँ उठल हिल्लोल...*(खाँसने लगता है)*

दादा : ...बस...! बस...! सोब सोमोझ गया बोंधू...!! *(जोरों से सड़क को देख कर चिल्लाता है)*...टैक्सी...टैक्सी...

A taxi stops.

दादा : *(टैक्सी वाले से)* ...ए भिडू...! साब को बोरीवली तक ले जाना है...! *(एक आँख दबा कर)* जोरा सँभाल के...

(दादा मुलगाँवकर को टैक्सी तक पहुँचाता है। मुलगाँवकर लड़खड़ा रहा है। दादा उसे टैक्सी में बिठाता है। लेकिन दादा दरवाजे को पकड़ कर खड़ा है और कहता है।)

दादा : ...ए...रोहित...जोरा आमरा को पाँच हजार देना...! वो मकान का भाड़ा देना है...! बाद में वापिस कोरेगा...

Mulgaonkar is drunk and is struggling to pull out his wallet, manages finally and just takes out a wad of notes. Dada has been eying Mulgaonkar's actions and immediately grabs the bundle of notes.

Taxi goes.

दादा : *(जाती हुई टैक्सी के पीछे लात मारने की कोशिश करता है, लड़खड़ा जाता है फिर सँभलते हुए गुस्से में चीखता है)*...साला...! कमीना...मवाली ! दो कौड़ी का कबाड़ी साला...!

Dada crosses the road and limps back to the bar, pocketing the money and humming a Bengali song.

78. INT. ANTIQUE SHOP–DAY

Mulgaonkar is seen in an antique/ handicraft shop, looking at different exotic and fascinating objects, shown in a stylized manner.

Some curious actions are performed by imaginatively created objects. There is a strange personality in each object. A long sequence with music.

79. INT. HUT–DAY

Mulgaonkar arranges his household objects inside his hut. Three workers– two men and a woman– are seen cleaning and arranging things. Mulgaonkar supervises and lends a hand. He is wearing a peculiar lungi and banyan. He is busy and sweating. He is devotedly working and arranging each thing and every thing at a place of his choice. He is humming a song. This scene is inter-cut with the following scene:

80. EXT. SEA SIDE–DAY

A group of fishermen and women are passing across the sea shore, carrying fishing-nets, fishing-buckets and other items against the picturesque sea.

Fishing boats are seen in the distance. They sing a melodious folk song about a new house and starting on a new journey.

81. INT. BEER BAR–NIGHT

An extraordinarily beautiful female singer is singing a song on a raised platform.
She is Anita.
Glamorous girls dance in step around her.
Her persona is overwhelming.
Mulgaonkar is mesmerized. He is gazing constantly at her in stunned admiration.
Dada suddenly takes notice of this and smiles wickedly and whispers.

दादा : *(फुसफुसाते हुए)* ...ए बोंधू...! किधर को आँख गड़ाया तूम...! भौत ऊँचा माल ...टॉप क्लास...
(एक घूँट भर कर)
पोरंतू...डेंजरस ...सोंपूर्ण दुबोई इसका फैन...

With a eerie sound Mulgaonkar looks at Dada shocked.
The girl continues with her song.

82. INT/EXT. HUT–DAY

A very tranquil atmosphere of the seaside cottage.
Mulgaonkar is sitting on a swinging wooden easy chair in baramda, outer part of his newly bought hut.
His face is calm. There are sea birds, boats and the sight of a setting sun

dispersing fascinating evening colors on horizon.

From the back, Mulgaonkar is seen swinging on his easy chair, humming a melodious song of old days. Before him is a sight of mesmerizing sea and its vast beach.

Suddenly, a tiny figure of a woman is seen coming from the sea-shore towards his direction.

Mulgaonkar stops singing. A captivating music takes over, growing each moment louder.

The woman keeps on moving towards the camera in a lingering, slow movement. Wind plays with her costumes, blowing her long chunni. It is dreamy cinematic structure.

The woman is fascinatingly beautiful, young and charming but has covered her face under a veil.

Mulgaonkar stops swinging with the chair.

The woman comes very close to Mulgaonkar.

She covers the whole screen, reveals her face and puts both her hands over the shoulders of Mulgaonkar.

She is Anita.

Mulgaonkar in a dazed state.

Camera goes back to a long panoramic view of the hut and the beach. Mulgaonkar's tiny figure is seen swinging on his easy chair.

Again, all is serene as before.

83. EXT/INT. HUT–DAY

Camera starts exactly with the same frame as in the previous scene, except Mulgaonkar is missing.

Dada and Bhinde enter the frame.

Inspector Bhinde and Dada Bhattacharji are standing in the same veranda.

दादा : ...जे ई बाड़ी उस मवाली ...मुलगाँवकर का...! इसी झोपड़ा में बोसता था वो! ...उस अनीता विलियम्स ...के साथ।

...*(हँसता है)*

...ए बोंधू...एक साला सुअर मर के हेवेन को गया...तो उदर पर क्या बोला? मालूम...? ...बोला...बैंचो...कैसा गन्दा जोगह है...! इदर पोर तो कोई गन्दा नाला नईं ...कोई कीचोड़ का गड्ढा ई नईं...*(ठहाका लगा कर हँसता है)*...देखो...! जेई साला करोड़पति रोहित लाल मुलगाँवकर का बंगला...*(फुसफुसाकर)* फोटीचर साला... *(उसके हाथ में कोई एंटीक पीस है। दादा उसे गुस्से में फेंक देता है।)* ...कबाड़ी... बैंचो...सारा रोकड़ा बोरबाद किया...

Inspector Bhinde is observing carefully the location of the hut.

He is munching something awfully under his jaw.

Camera shows a group of local people passing by. Bhinde looks at them and shouts.

भिंडे : *(चिल्लाता है)* ...ओए...!! ए...! जरा इदर को आना...! एक मिनट...

The group of people stops and they look inquisitively towards Bhinde. Finally, a woman walks to them.

औरत : ...क्या है...?...किस वास्ते बुलाता...?

भिंडे : ...इदर ...इस झोपड़ी में कौन रहता था...? कुछ पता तुम लोगों को...?

औरत : *(गुस्से में)* ...हमको क्या पता कौन रहता, कौन नईं...? *(वापस जाने लगती है।)*

Suddenly she takes a turn and says curtly.

औरत : एक आदमी रहता था!...एक औरत के साथ...! दिखा नईं दोनों महीना भर से...

(अचानक एक बुड्ढा आगे आता है)

बुड्ढा : ...*(औरत से)* ...क्या है...? ...क्या बोलता है...?

औरत : ...पूछता है कि इदर पे कौन रहता...! झोपड़ा में...

बुड्ढा : *(गुस्से में)* ...चल तू...! इदर को आ...! *(चिल्ला कर। भिंडे से।)* ...ए साब...! कौन शरीफ आदमी और औरत बसेगा इदर...? होगा कोई भाई–शाई...! इदर पे दुबई का माल आता...!

The group of people walks away. Bhinde looks perturbed. He is munching ferociously whatever he has in his mouth.

In the long shot they are seen with the hut.

84. EXT. IN FRONT OF CINEMA HALL–DAY

Bunty and Tina come on a mobike in front of a cinema hall, in Malad area. Bunty stops the bike and looks at the booking window.
A 'HOUSE FULL' placard is seen.
Bunty looks at Tina and says.

बंटी : धत् तेरे की! हाउस फुल!
(दाहिनी ओर देखता है)
...चल सामने कुछ ठंडा पीते हैं...
Bunty drives mobike to the other side of the road with a flourish. Tina holds him from the back, to keep her balance on the back seat.
Bunty drives to the other side of the road and stops just in front of a roadside restaurant.

85. INT. A CHEAP HOTEL–DAY

Bunty and Tina are sitting across a table and having soft drinks.

टीना : ...*(परेशान है)* मैं ...बहुत परेशान चल रही ...बंटी!...

बंटी : क्यों क्या हो गया...

टीना : वो जाफरी है ना...? पुलिस वाला..., रोज़ आ जाता हमारे घर...! टाइम भी नईं देखता...!

बंटी : क्या बोलता वो...?

टीना : *(सिर पकड़ कर)* मेरा तो माथा घूमता! वो बोलता पापू ने एक मकान लिया था उदर

मनोरी साइड पे...! समुन्दर के किनारे...! ...माल इदर से उदर करता था...! ...बोलता पापू का कनेक्शन था उदर दुबई का माफिया के साथ...!

और क्या बोला वो मालूम...?

बंटी : ...क्या... बोला?

टीना : ...वो बोला...! पापू उदर एक औरत के साथ रहते थे...!

(कुछ सोचती हुई) बंटी कहीं वोइच तो नई, जिसको मैं देखी थी एक बार उदर ज्वेलरी शाप में...? ...पापू के साथ...

बंटी : ...अरे! इस पोलिस का लफड़ा खूब जानता मैं! ...साला उसका नज़र होएगा तेरे पर...! या फिर ...*(रुक कर)*...तेरी मम्मी बी तो दूसरी वाली है ना...! अरे...थोड़ा सा टुकड़ा मम्मी से बोल के फेंक दे ना... कुत्ता के सामने...!...

In the background, a teenaged couple is seen at the counter. The counter man gives the boy a key.

They both pass through the table Bunty and Tina are sitting.

Bunty is constantly looking at the couple, little indifferent to what Tina says.

The counter man calls the couple, who are climbing stairs.

काउंटर वाला : ....ए ...वन आवर से ऊपर गया ना...तो एक्सट्रा चार्ज होगा...

Tina continues with her plea.

टीना : ...बंटी? सच बोलती मैं, मैं बहुत परेशान हो गयी पापू के जाने के बाद से! मम्मी तो घर में जैसे रहतिच नईं...! जैसे ये घर उसका होइच नईं! हफ्ता–हफ्ता मेरे से बात नईं करती वो! किदर को जाती, किदर से आती ...कुच्छ नईं पता मेरे को...! ...बंटी, तेरे अलावा किसी से मिलती बी नईं मैं...! अक्खा मुम्बई, लगता मेरे को कोई पहचानता इच नईं...! लगता किसी अनजान शहर में पहुँच गयी मैं।... *(लम्बी साँस ले कर)* कित्ता कुच्छ बदल गया पापू के मरने के बाद...!...मैं अब क्या करेगी बंटी...? किदर को जायेगी मैं...? *(परेशानी के साथ)* ...बंटी कुछ हुआ क्या...?

बंटी : *(लापरवाही में)* ...क्या ...? किस मामले पे पूछती तू...?

टीना : वो जो तू बोला था ना...लोखंडवाला के जॉब के बारे में...मेरे से...!! वो पन्द्रा माला ऊपर...

बंटी : ...ओह!...हाँ...हाँ...वो जॉब...! लगा है मैं उसका पीछे...! होएगा...होएग्गा...! अब्भी क्या है कि अग्रवाल साब जरा फॉरेन टूर पर गएला है...!

Bunty is gazing at her constantly. Tina speaks in a shaky, meek, submissive voice. She is under acute depression. Suddenly Bunty gets up and says.

बंटी : एक मिंट रुकना तू इदर! मैं अब्भी आया! इदर ऊपर चल के तसल्ली से बात करेगा अपन प्राब्लम के बारे में...! निकालेगा...! ...रासता...निकालेगा...!

Tina looks at him innocently with expectations.

Bunty goes to the counter and seen talking in whispers with the man sitting there.

Man pulls drawer and gives him a key.

Bunty comes back to Tina and says.

तू इत्ता डाउन क्यों हो रही टीना...? मैं है न तेरे साथ...! है न मैं...! चल ...चल...

Bunty pulls her by her arm and Tina gets up and follows.

86. INT. INSIDE A LIFT–DAY

बंटी : ...पहले इच बोलना था मेरे से...! कांटेक्ट है ना मेरा इदर पोलिस का भीतर...! एस एच ओ को बोल देता मैं...!

टीना : ...तो बोल ना! ...बहुत तंग करता वो पाण्डे और जाफरी मेरे को और मम्मी को...! कल रात बारा बजे आया...बोला जाँच करने आया कि तुम लोग इदरिच तो है...!...

(रुक कर)

...फिर वो पाण्डे बोलता...हमारे लिए चाय बनाओ...! ...बारा बजे रात...!!

87. INT. CORRIDOR–DAY

Room No.375 is written on the top of the door.

Close shot of keyhole.

Close of hands of Bunty, he unlocks the room after initial struggles. He opens the door.

Bunty and Tina go inside.

88. INT. HOTEL ROOM–DAY

Usual furniture, cheap untidy look.

Bunty is lying on the bed while Tina sits on an adjacent chair close to bed.

बंटी : ...सत्रा तारीख को वो अग्रवाल साब आ जायेगा वापस...! बहुत मानता मेरे को...! बस जरा सा वेट कर टीना...!...

टीना : ...और क्या कर सकती मैं...? वेट ई तो करती...! *(उसकी आवाज़ कमजोर पड़ जाती है)* बंटी तेरे पर टिकी मैं...! डिपेंड करती मैं...देख...

बंटी : ...ये कोई बोलने का बात टीना? बोलने का बात...? जानती तू...मैं कित्ता सोचता तेरे बारे में...कित्ता सोचता..., सोता नईं मैं रात ...रात ...मालूम?

टीना : *(आँखों में आँसू)*...मालूम...मेरे को...! मालूम...!

Bunty moves close to Tina, pampers her by pressing on her shoulder and moving his hands over her head.

Obviously he shows as if to consol her.

Tina's eyes are now filled with tears. Bunty, being behind her, has on his face, something that just doesn't look right.

It is a cool, insensitive, uncanny expression. There is a sense of uneasiness.

89. INT. HOTEL ROOM–DAY

The chair where Tina was sitting just a few moments before is empty now. On the arms of the chair, Tina's chunni is lying.

Her sandals are on the floor, scattered. On the table, a water jug, couple of glasses and Tina's purse are placed.

Camera stays at the ceiling fan. It is rusty and has not been greased for long. Its movements are jerky and erratic with irritating sounds, which is repetitive.

Camera brings wings of the ceiling fan on the foreground and focuses sharp at the face of Tina resting over a pillow.

Tina's face has expression of innocence but is blank in emotions.

Fans blades move with a monotonous sound and heavy breathing is heard. A loud sound of something falling on the floor.

The water jug has fallen on the floor where Tina's clothes are lying. Water flows drenching her garments. *(Under garments)*
Tina is lost in the experience.
Back to the wings of ceiling fan, it has stopped at a place and shuddering to rotate again. A peculiar disturbing sound is produced.
Tina's face over the shuddering wings has an expression of smile and satiation.
Tina's back, Bunty is lying on the bed. Bedsheet is badly crumpled.
Tina is holding her wet clothes in her hands partially covering her shoulders. Bunty has an expression of achievement. It is a strong, ruthless and shrewd face.

90. EXT. ROAD–DAY

Tina-Bunty song is resumed for second time.
Tina and Bunty on mobike, Bunty moves hand back towards Tina and they clasp their hands together.

91. EXT/INT. TAXI–DAY

View from the windscreen of a moving taxi.
Dada Bhattacharji and Bhinde are sitting inside. Taxi is passing through different lanes in Mumbai.

Dada is dressed in fabulously colorful checked shirt, an American cowboy cap, denim pants, broad waist belt, shining up trendy shoes. He holds a whiskey bottle in his hand.

दादा : *(टैक्सी ड्राइवर से)* आगे से दायाँ हाथ को घूमना...! वो आशियाना अपार्टमेंट पर रोकना...

(भिंडे से) भौत टका...भौत रुपिया बनाता ये लोग...!

भिंडे : अच्छा!...

दादा : ...बोंधू...! भौत कोमाल का प्रोफेशन ...कोमाल का...!! माडलिंग कोरता ये लोग, थीम पार्टी में जाता...! हाई कांटेक्ट का होता सोब...!! *(अद्धा सूंटते हुए)* ...बोंधू ...पालिटिक्स से लेकर दुबई का भाई लोग तक इनका कांटेक्ट...!! डेंजरस ...भौत डेंजरस...

(ड्राइवर से) ए...रोको...रोको...

92. EXT. ENTRANCE GATE OF ASHIYANA APARTMENTS–DAY

Taxi stops before a residential block. At the entrance gate, a board displaying 'Ashiyana Apartments'.

As Bhinde fills the register, the guard watches him. Bhinde stops and asks Dada–

भिंडे : दादा, नम्बर क्या है अनीता के फ्लैट का...

दादा : *(उलझन में)* ...अरे...ओ बोंधू...! नोंबर तो साला होमको पता ई नईं...

गार्ड : *(बिहारी लहजे में)*...मैडम का नम्बर है एक सौ पाँच...! जाइये अभी घर में ही हैं...।

Dada and Bhinde walk towards that direction.

सीधा जाके दाहिने हाथ को मुड़िएगा... पहला ही फ्लैट पड़ेगा...! फर्स्ट फ्लोर में...

93. EXT. DOOR OF ANITA'S APARTMENT–DAY

Bhinde pushes the call bell. A pleasant musical bell's sound is heard.

Dada smiles and Bhinde too is no less amused.

दादा : *(खुश होता हुआ)* ...बोंधू...! एक बार और दबाओ न...! होम म्यूज़िक सुनेगा...!!

भिंडे : *(एक पल हिचकिचाता है फिर बेल दबाता है)*...

Bhinde and Dada wait anxiously for the door to open.

Dada is tempted to push the bell again but before he can press it, the door is open.

A dark skinned but young girl in 30s opens the door. She gazes at Bhinde and Dada with wide-eyed expressions.

रीना : किससे मिलने का माँगता तुम लोग...?

भिंडे : *(जल्दी से)* ...अनीता विलियम्स...!

(रीना उन्हें अन्दर आने के लिए इशारा करती है। दोनों ड्राइंगरूम की तरफ जाते हैं।)

94. INT. ANITA'S APARTMENT–DAY

दादा : *(चलते हुए मुस्कुराहट के साथ)* ...अनीता भौत जोल्दी बदलता आपना असिस्टेंट...! ...पोरन्तू ...होरबार ...खूबसूरत...सुन्दोर...! अति सुन्दोर...!!
(दोनों सोफे पर बैठ जाते हैं। भिंडे चौंका हुआ चारों तरफ देख रहा है।)
...तूम किदर से आया...ओडिसा...से...की ...बोंगाल...से...?...जा के बोलो अनीता से...दादा भोट्टाचार्जी आया...क्लाएंट के साथ...

The girl is pleased with the compliment. Drawing room is splendidly decorated with antiques, silk curtains, wall hangings and furniture with taste.

95. INT. DRESSING ROOM–DAY.

Anita is sitting before the dressing table.

It is a huge well equipped professional dressing room. Mirror, semi-circular desk enriched with all sorts of cosmetics-shampoo, nail polish, conditioners, lipsticks, creams, oils, perfumes etc.

Anita, seen from behind without showing her face, is drying her hair. Without turning she says:

अनीता : ...कौन आया ? ...देख ड्राइ हो गया मास्क...!

रीना : कोई दो जना आया! एक जना जानता आपको...! बोलता अनीता को बोलो क्लाएंट आया...

Turns her face to look towards the drawingroom. Her face is covered with a white face pack.

POV Anita : She spots Dada. Her expression quickly changes on her masked face. From anxiety to anger. She shouts from her chair.

अनीता : *(गुस्से में)*...हाऊ डेयर यू. कम हियर...!! तुम कैसे आया इधर...? गार्ड ने रोका नहीं तुमको...?

Bhinde is astonished at her unexpected reaction. He attempts to say something.

However, Dada is smiling, unperturbed by Anita's reaction.

Anita shouts at him again.

अनीता : ...आय से गो बैक ! डोंट शो अप हियर अगेन...!! दारू पीने के लिए भीख माँगने आया तुम इधर...

(दादा बेशर्मी से हँसता है)

दादा : ...ओ खोकी, शीतोल...शीतोल...! ...ठण्डी ...हो जा...ठण्डी...! ...दादा से न काफी

को पूछा...ना कोल्डड्रिंक...! आमि जोल खाइबेन...! शीतोल जोल...और उसमें थोड़ा सा व्हिस्की...

Anita gets up from the chair and as she goes to the washbasin she says–

अनीता : ...रीना...क्लोज दि डोर...

96. INT. DRAWING ROOM–DAY

Reena puts tea kettle, cups and snacks on the centre table.

Dada lustily stares at her. Reena gives a little smile.

दादा : ...अप्रोतिम सुन्दोर...! अप्रोतीम...! तूमरा नाम होम जानता...!...रीना...!

रीना : *(मुस्कुराती है)* ...मिदनापूर से मैं आयी...! और तूम...

दादा : होम तो रायल खानदान...! ...ढाका से आया...! *(अचानक आवाज़ बदल कर)* ...ए ...एक ठो कोल्डड्रिंक लाना...! चिल्ड...!! होम उसमें मिक्सिग कोरेगा...

रीना : *(हँसती है और अन्दर जाती है)*

Bhinde picks up handful of snacks from the plate and starts munching it awfully.

भिंडे : *(चबाता हुआ)* ...दादा...! तुम तो पी सी सरकार ! बैंचो मैजीशियन...! जादू कर दिया ...छोकड़ी पे...

दादा : ...ए बोंधू ...! एपिटाइजर ...! एपिटाइजर...! ओनिता के पहले ...तूम सूप लेना माँगता

...ना...! ये कमाल का सूप...! स्वीट एंड सॉर...*(हँसता है)*

Bhinde sees there is a big photograph of Anita, hanging on the wall.

Anita is dressed in an ethnic costume.

(This is the costume she was wearing in Mulgaonkar's dream-fantasy sequence.)

POV of Bhinde : Camera pans, showing the photograph of Anita, and stops at the door which suddenly opens and Anita stands there, wiping her face with a soft towel.

She looks at Bhinde inquisitively.

अनीता : ...येस? फरमाएँ...!...कैसे आना हुआ... इधर...? *(हल्की सी टेढ़ी मुस्कुराहट)* ...क्या खिदमत कर सकती मैं...?

भिंडे : *(हकलाते हुए)*...मैं...मैं ...मैडम...! मैं...मैं...

दादा : ...ओ बोंधू...! तूम बकरा जइसा क्यों मिमियाता .! में...में...में...में...। *(अनीता को घूरते हुए)* ...ये भिंडे...! होम ले के आया तूमरा पास...! ...करोड़पति...! करोड़पति...! ...बोला होमको ...कुछ डिफरेंट आर्टिस्ट माँगता...!...

(अनीता उलझन में है।)

दादा : *(व्यंग्य के साथ)* ...याद है...! अइसा ही एक दिन...इसी टाइम पर...*(घड़ी दिखाता है)* दोस बोज के तीस मिनट...होम तूमरा पास ले के आया था ...एक क्लाएंट...!! ...रोहित लाल मुलगाँवकर...!!

(दुहराता है) ...रोहित लाल मुलगाँवकर...!!!
Anita is stunned.

97. INT. DRESSING ROOM–DAY

Anita is before the mirror in a different costume, helped by another cute girl Pinky. The décor is also different– of an earlier time.
Dada stands close to her, holding a glass with whiskey.
Dada takes a big gulp, wipes his mouth with his sleeves and says–

दादा : देख ओनिता...! होम इदर कोई आर्डिनरी चालू क्लाएंट ले के नईं आया...! वो सामने बैठा रोहित लाल मुलगाँवकर...!

POV OF ANITA : Mulgaonkar sitting alone in the drawing room. This is a different theme drawing room.

OFF SCREEN

दादा : ...छह कोरोड़ का मालिक! दुनिया का बादशाह...! किंग ऑफ युनिवर्स...!...
Camera changes its angle keeping Mulgaonkar in the frame to show on a wall a big photograph of Anita, smartly dressed in shorts and blouse, with a large hat
(पॉज) ...होम बोला होम तुमको बॉलीवुड का टॉप स्टार अरेंज कर देगा...!

उदर गोवा जाओ...या साला स्विट्जर लैंड...मोस्ती नारो...! ...तो ये क्या बोलता मालूम...?

Anita stares him with curiosity.

अनीता : ...क्या बोले ये दादा...!

दादा : *(हँसता है और व्हिस्की का एक घूँट फिर मारता है)*...ये...बोला...हमको तो वोई खोकी माँगता, वोई माँगता जिसको हम रोशनी बार में देखा...!

...फ्लैट ...साला फ्लैट ...तुमारा ऊपर...! बरोबर...वो गोल गोल लट्टू...

(आँखें चढ़ा कर) ए ...ओनीता...! देख! छोड़ने का नई ...

This is the first time Anita is pleased and blushes a little.

98. INT. DRAWING ROOM–DAY

Color theme and the decor of the drawing room is different.

Mulgaonkar is very nervous and uneasy. It appears it's the first time he has come to a place like this. He is too shy to have eye contact with Anita but every now and then looks at Anita from the corner of his eyes.

Snacks and drinks are there on the centre table.

अनीता : *(शरारती आवाज़ में)*...ओ हो...! आप तो कुछ ले ही नहीं रहे हैं...! फील एट होम प्लीज़...!

ये हैदराबाद की खास चीज़ है ...निज़ाम्स काठी कबाब! युम्म...डिलीशस ...*(काठी कबाब का एंक पीस उठा कर मुँह में रख लेती है और पूरी बेतकल्लुफी से चबाती हुई प्लेट मुलगाँवकर की ओर बढ़ाती है)*

दादा : लो ना बोंधू...! ...वो ...निज़ाम तो गया ...ये लजीज़ कबाब हमारे वास्ते छोड़ गया...! *(एक उठा कर खाने लगता है)*

अनीता : ...आप भी ...लीजिए न...! ...एक पीस...!

Mulgaonkar is shy and moves a little back to keep his face away from the plate.

मुलगाँवकर : *(शरमाता हुआ)* ले लूँगा...! ...बाद में .ले लूँगा...!! ...वो ...क्या है... ...कि घर पे ...बहुत हैवी ब्रेकफास्ट ...ले लिया था ...सबेरे...!...*(पेट छूता है)*

Anita and Dada burst out in laughter.

Anita stares at Mulgaonkar with a nasty look, smiling.

अनीता : *(शरारत के साथ)* ...अरे तो हमारे घर का भी तो खा के देखिए ना...! *(रुक कर)* ...या कसम खा रखी है कि वाइफ के अलावा किसी दूसरी के हाथ का कुच्छ भी नहीं खाना...?

मुलगाँवकर : *(शरमाता हुआ एक कबाब उठा लेता है)* ...नहीं ! नहीं...! ऐसा बिल्कुल बात नहीं...!...

Dada looks at him amused, then bursts out into laughter again.

दादा : ...ए बोंधू...! ...अरे तूम तो आइसा शोरमाता जैसे होम तूमरा सौदा कोरने के वास्ते तूमको इदर लाया...! *(मुलगाँवकर से संजीदगी के साथ)* ...अरे रोकड़ा तुमरा पास...! इदर का सब कुछ तुमारा सरविस का वास्ते हाज़िर...! हुकम करो ...इदर... जिस चीज़ पर हाथ रखो...सोब तुमारा...!...

अनीता : *(मुस्कुराती है)* ...दुलहन मुस्कुराए ...नौसा घबराए...शरमाए...!

Suddenly she looks at the wall clock and her expression changes. Phone bell rings. A girl's voice is heard from inside.

पिंकी : मैम...कोई घूरे लाल बिलग्रामी का फोन ...लोखंडवाला से...

अनीता : पिंकी ...बोल दे कल काल करे! अब्भी डेट नईं मेरे पास...

पिंकी : ...जी अच्छा मैम...!!

Anita's expression turns suddenly serious. She looks at Dada inquisitively. She looks deeply at Mulgaonkar. Mulgaonkar is red.

Anita starts softly humming a song. It suggests that she has developed some interest in Mulgaonkar. She moves her eyebrows like a classic Kathak or Bharatnatyam dancer and says–

अनीता : ...ए...सुनो...! व्हाट डु यू वांट फ्रॉम मी...? बोलो...! *(उसकी आवाज़ में मिठास है)*

मुलगाँवकर : वो क्या है कि... *(झेंप रहा है)*...

अनीता : *(गुनगुनाती जा रही है)* ...येस ...येस! बोलो...! कमऑन...! यू आर नॉट अ किड...!!

Both Dada and Anita are staring at Mulgaonkar constantly. Mulgaonkar, a simple transparent man, finds it difficult to say something. He takes a deep breath so as to gather his lost courage.

मुलगाँवकर : ...*(ठहरी हुई ठोस आवाज़)*...मुझे आपका टाइम चाहिए...!... आपका वक़्त होना माँगता...मेरे को...!

Anita appears confused.

अनीता : *(चौंकी हुई)* सॉरी...आइ डोंट गेट यू...! क्या मतलब है आपका...?

Dada is now totally drunk. He gets up on to his shaky legs and announces in fumbling voice.

दादा : ...बादशाह...! ...बादशाह...! ओनीता शुन...! होम बोला ना...होम तेरे पास आर्डिनरी ...वो साला गटर का कस्टमर लेके नईं आया...! ...होम ले के आया सोम्राट्...! मास्टर ऑफ युनिवर्स।

...ये रोहित लाल मुलगाँवकर...! जो भी ये बोलेगा...उसका एक एक बोल साला डायमंड से ज्यादा बेशकीमत...

...ये साला बोलता है *(हँसता है)* मेरे को जूई चावला...वो कोजोल...वो ऐश्वर्या

...कुछ नईं माँगता...! मेरे को ले के चलो उस रोशनी बार का खोकी के पास...!

...Dada is quaking in ecstasy. He settles down on the floor and continues. Anita is staring at him with a stunned, bewildered look.

दादा : कइसा...कइसा...लोग!... *(हँसता है)* ...इसको माँगता सिरफ ये...! ...ये...*(उँगली से अनीता की तरफ इशारा करता हुआ हँसता है)*...ये...*(और जोर से हँसता है)* ...मेडोना नईं माँगता...लोपेज नईं माँगता ...बालीवुड–हालीवुड का स्टार नईं माँगता ...*(अनीता की ओर इशारा करता हुआ)* ...इस साला करोड़पति को माँगता ये...

Dada is in convulsion. Anita rushes up to lift Dada. She shouts loud and Pinky comes in running from inside. Dada is helped to sleep on sofa. He murmurs something in a muffled way. Anita and Mulgaonkar look deep in to each other's eyes. They both are silent. Their look indicates something mysterious.

Pinky looks at Anita and Mulgaonkar and gives a subtle smile.

99. EXT. BALCONY–DAY

Anita and Mulgaonkar are sitting on cane chairs. Pinky puts two glasses of drinks on the stool and leaves.

Mulgaonkar talks to Anita.

मुलगाँवकर : *(आवाज़ में गहराई है)* ...मेरे को ज्यादा कुच्छ नईं चाहिए...!

(मासूमियत के साथ)...उस रात मैं रोशनी बार गया ना! दादा ले के गया था मेरे को...! उदर मैं तुमको देखा...! ...पहली बार...देखा...!...तो मेरे को ऐसा लगा, जैसा मैं तुमको जानता...!...जैसा मैं पहले ई तुमको मिल...चुका है...!...वो क्या है... *(झेंपता है)*...कि ...वो तुम्हारा आँख में ऐसा कुच्छ था कि *(अटकता है)* ...मेरे को भीतर से...

Anita smiles and shyly looks down. Then she looks up again and says–

अनीता : *(कुछ सोचती हुई, उलझन में)* थैंक यू... बट...! व्हाट हैव आइ टु डू ?

मुलगाँवकर : *(परेशानी में)* ...वो बोला न मैं पहले ई ...कि मेरे को आपका टाइम माँगता...! वो ...डेली नाइन टु सिक्स आपको मेरे साथ होना...! ...ऑफिस टाइम...! फुल ...नौ बजे से छह बजे तक...

अनीता : ये तो बहुत टाइम खायेगा मेरा...! होल डे...! ...फिर तो दूसरा कोई असाइनमेंट मैं कर नहीं पाऊँगी...!

मुलगांवकर : घबराहट में ...लेकिन मैं पूरा पेमेंट करूँगा! बिल्कुल ऑन टाइम...! फर्स्ट का फर्स्ट...! ...जितना भी फीस आप बोलो। वो क्या है कि रोकड़ा का कोई कमी नहीं है मेरे पास...

अनीता : ...*(रुक कर। उँगलियों में कुछ कैलकुलेट करती है।)*...ओ के...! थर्टी फाइव थाउजैंड बैठेगा महीना...! माइ मंथली फीस ! *(समझाते हुए)*...देखो जादा नहीं माँगती मैं...! वो ...क्या कि तुम सोचो... *(एक प्रोफेशनल की तरह डील करती है)* ...इदर से हर रोज़...वो लोकल का मारा मारी...! फिर डेढ़ घण्टा जाना...और फिर आना...! ...थक जायेगी मैं...! एक्ज़ास्टेड...! कुछ और नहीं कर पाऊँगी मैं फिर...! वो स्टाफ का खर्चा इदर...

मुलगाँवकर : *(खुशी के साथ)* ...कितना थर्टी फाइव बोला न आप...?

(अनीता सिर हिलाती है)

मुलगाँवकर : ...फोर्टी करता मैं ! चालीस पे करूँगा मैं। मंजूर...?

अनीता : *(चौंक कर सँभल जाती है)*...ठहरो ...ठहरो...! और हफ्ता में दो दिन ऑफ रखूँगी मैं...! और अगर ऑफ डे पर बुलाया तो *(उसे घूर कर)* ...उसका चार्ज अलग से...ओ के...? ...रोज़ का डबल...

मुलगाँवकर : ...*(खुशी के मारे आवाज़ काँप रही है)*...ओ के...ओ के...!!...मंजूर मेरे को...

अनीता : ...और वो ...लंच का क्या? मैं अपना अरेंज करेगी ...या...

मुलगाँवकर : ...*(जोरों से)*... नईं नईं ...*(अपने सीने पर हाथ ठोंकते हुए)*...वो सब्ब हमारा जिम्मेदारी...! मैं पे करेगा सब...!

और सुनो...वो लोकल का मारा मारी का चक्कर क्यों पालता ? टैक्सी का भाड़ा पे करेगा न मैं...

अनीता : *(उठती है और अपना हाथ मुलगाँवकर की तरफ बढ़ाती है। मुलगाँवकर डरता हुआ उससे हाथ मिलाता है, जैसे उसे बिजली का करेंट न लग जाये।)* डन...! कोई चेक बाउंस नईं होने का ...वरना डील कैंसिल...!

मुलगाँवकर : ...वो तो कैश में देगा न मैं ...

Anita looks at him, pauses and says in a cool metallic voice.

अनीता : ...ठीक है...! निकालो फिफ्टी परसेंट एडवांस...! ट्वेंटी थाउज़ैंड ओनली...

Mulgaonkar takes out his wallet and the moment he gives her a wad of currency, Dada enters and stares at them.

दादा : ...ए बोंधू...! कित्ता रोकड़ा पकड़ाया...? ए...ओनीता...जास्ती नोईं...! जास्ती नोईं...! ...होम लेके आया बादशाह को...इदर...

अनीता : *(मुस्कुराती है और नोट अपनी पर्स में रखती है)*...तुम तो दादा...सूंटो...! बो उदर बाटल में बाकी है अब्भी...*(मुलगाँवकर को देख कर)* ...ओ के...! मेरी ड्यूटी अब्भी से शुरू...!

100. INT. DRAWING/ DRESSING ROOM–DAY

Anita moves inside and is followed by Dada, on his shaky legs.

दादा : *(लड़खड़ाता हुआ अनीता के पीछे–पीछे चलता है)* ए ...ओनीता ...ओनीता...! आमरा कमीशोन...! टेन पोरशेंट... टेन पोरशेंट...

Anita stops, turns to Dada, takes out her wallet and gives him some 100 rupee notes, after a carefull count.

अनीता : ...दादा? कीप इट ...एंड गेट लास्ट...! फाइव परसेंट...

दादा : *(जेब में नोट खोंसते हुए)*...भौत माइजर है तूम खोकी...

101. INT. DRAWING ROOM–DAY

With the ring in Anita's mobile, we return to the PRESENT drawing room.

Anita takes her cell phone out, looks at the wall clock, which tells it is 12.30 pm. Her expression abrupt changes. She gets up hastily, turns her back to every one and whispers something on the phone.

अनीता : *(घूम कर)*...ओह! डेढ़ घंटे हो गये...! ...सॉरी मिस्टर भिंडे...! मेरे को जाना है, अब्भी। ...प्लीज़ फील एट होम। ...*(आवाज़ लगा कर)* ...रीना...! गेस्ट का खयाल रखना...! मैं जा रही हूँ...!

Reena appears holding a tray with snacks and bottles on it.

रीना : ओके मैम ! सँभाल लेगी मैं!

दादा : *(बेसब्री से)*...ए ...ए...!...पोरन्तू ...कोरोडपति भिंडे के साथ तुम डील फाइनल कोरेगा की नोईं...?

अनीता : *(दरवाज़े को खोलती हुई घूम कर कहती है)*...कल शाम उदर पे आना...! रोशनी बार! उदर बात करेगा ! शार्प एट नाइन...! बाइ...!...सी यू...देयर ...अगेन...
Anita moves out of the door shutting it with a bang on her back.

102. EXT. ROAD–NIGHT

Tina-Bunty song is resumed for the third time. It is little after sunset.
Tina and Bunty are zipping through the traffic on a mobike. Tina holds Bunty intimately from the back seat.
The bright lights of the billboards and showrooms, cars and other vehicles pass by in a blur.
They stop at a red light signal and Tina bends forward to talk to Bunty.
They look at each other in the rear-view mirror.

टीना : बंटी, एक बात नईं आती मेरी समझ में...!

बंटी : क्या...

टीना : ये जॉब के लिए इंटरव्यू तो सुबह को होता ना, इदर शाम को क्यों बुलाया?

बंटी : ...नाइट ड्यूटी होता आजकल सब जगह...! उदर काल़सेंटर का जॉब भी ऐसाइच होता...!

टीना : ...पर...बंटी...! फिर भी...

बंटी : *(चिढ़ कर)* ...तू सवाल बहुत पूछती टीना! ...तेरे को जॉब माँगता न...? नौकरी...?

टीना : ...*(खुशामद करती हुई)*...अच्छा...अच्छा ...! नईं पूछती कुच्छ बी! ...*(मुस्कुरा कर)*... ए...? तू इत्ता चिढ़ता क्यों... नाक पे गुस्सा रहता हरदम...

Tina bites Bunty's ear closing to him, suddenly Traffic light turns green. They move on.

103. EXT. STAR PLACEMENT BUILDING–NIGHT

Motorcycle stops before an old looking triple storied building.

A brightly lit display board showing – 'Star Placement Services' is seen.

Low angle shot of the hoarding from Tina's perspective. She studies it in confusion and looks at Bunty.

Bunty locks the bike and they go in.

104. INT. SMALL OFFICE–DAY

A middle aged hawk-eyed man is sitting across the table. Couple of telephones and office gadgets are seen.

Tina is sitting before him.

Bunty is comfortably lounging in the chair.

आदमी : *(टीना को गहरी आँखों से घूरता हुआ।)* ...बायोडेटा होगा...? ...पिछला सेलेरी स्लिप...?

टीना : ...हाँ...! *(टीना अपने पर्स से कागज़ निकाल कर उसे देती है)*

आदमी : इसके पहले किधर सर्विस किया...?

टीना : जेम्संस ज्वेलर्स के वीटी शो रूम में सर...

The man vigilantly goes through it. Tina looks at Bunty who smiles reassuringly.

आदमी : ...ठीक है!...बहुत अच्छा...! ...कब से ज्वायन कर लेंगी तुम...आप?

बंटी : ...*(खुश होकर)* ...जब से आप बोलो सर! ...कल से भेज दूँ...?

आदमी : मैंने आपसे नहीं, इनसे पूछा है...?...अच्छा ठीक है...! उदर...खार के आफिस में भेजना...! ...

टीना : ...सर ? कितने बजे से पहुँचना...

आदमी : कल किसी भी टाइम...! डिटेल उधर ज्वायनिंग के बाद...

टीना : *(खुश हो कर)* थैंक यू सर...! थैंक यू...

Bunty shakes hands hurriedly with the man and walks out. Tina follows him. They walk out and bang the door shut.

105. EXT. ROAD–DAY

Bunty and Tina are again riding the bike. Bunty is delighted.

बंटी : ...अब तो खुश...! ...बोल सेलिब्रेंट करना...?

टीना : ...अब्भी मेरे को ज्वाइन तो करने दे...बंटी...

बंटी : ...ज्वाइन का क्या...! वो तो कल हो गया न फिक्स...! बोल ले चलूँ सितारा गेस्ट हाउस...?

टीना : *(झिड़कती हुई, प्यार से पीठ पर घूँसे मारती है।)* ...तेरे को कुछ और काम नईं सूझता क्या...?

बंटी : मेरी खोपड़ी में तो तू ई तू घूमती रोज़...! ए टीना, आज चल न, कल से तो फुरसत नईं होएगा तेरे पास बंटी के लिए! बहुत ड्यूटी बजायेगी तू...

Tina grabs him intimately by his waist and puts her cheeks on his back. Bunty speeds up.

Tina-Bunty song resumes again for the fourth time.

106. EXT. SITARA GUEST HOUSE–NIGHT

The Tina-Bunty Song continues.

Mobike stops in front of the building. Tina and Bunty get down and walk inside.

107. INT. SITARA GUEST HOUSE, ROOM 376–NIGHT

The Tina-Bunty song continues.

Inside Tina and Bunty are making love. Shots dissolve into one another. Tina is passionate with Bunty.

108. EXT. ROAD–NIGHT

A motorcycle is speeding up on a deserted city road.

The face of the rider is not seen.

Motorcycle comes out of the city and is now on the outskirts. Darkness everywhere– except the headlight of the motorcycle which lights up spots.

The man parks the motorcycle and walks down towards the beach.

Mulgaonkar's hut is seen in the distance. A very faint light is on in one window.

The man walks up to the veranda and takes up a hiding place.

He peeps inside through a slit.

POV of the man who is peeping:

Dada is seen under a dim torchlight, which gives a ghostly effect. He is digging the ground frantically, searching for something.

Sound of heavy breathing and grunting.

There is some dirt on his face and clothes.

The man who was watching turns back and moves towards the camera.

He is Inspector Bhinde.

109. INT. DADA'S FLAT–DAY

On the sound of a loud bell an old woman, wife of Dada Bhattacharji, walks in a sleepy manner and opens the door.

Inspector Bhinde stands there, sweating and breathing heavily.

A harsh, thick voice comes out from the old woman's throat.

औरत : ...क्या है...? ...क्या माँगता...?

भिंडे : *(रूमाल से पसीना पोंछ रहा है। उसके हाथ में हेल्मेट है।)* ...दादा घर में है...?

औरत : ...वो सो रहा है !

भिंडे : ...अभी तक? उसे जगाओ...! भिंडे आया ...कर के बोलो...

She moves aside and Bhinde walks in.

110. INT. DADA'S BED ROOM–DAY

Dada is sleeping diagonally across the bed on his stomach.

Bhinde shakes him up and wipes the dirt off his hands.

भिंडे : ...दादा...! दादा...! कल दारू पी के गड्ढे में लोट गया था क्या...! साला मिट्टी ही मिट्टी लपेट रखा है...

Dada looks up at Bhinde with a skeptical expression. His eyes are red. He bends to pick up his whiskey bottle. Empties it in his mouth– but it is already empty.

Dada rolls it on the floor disgustingly. The bottle rolls down to an axe in a corner of the room.

भिंडे : *(मुस्कुराता हुआ गाने की कोशिश करता है)* खाली खाली बोतल है...! अरे...दादा ...! ये साला कुल्हाड़ा क्यों छुपा रखा है...? ...किसका जान लेगा...?

Dada's face turns ferocious. He shouts.

दादा : *(गुस्से में उसका चेहरा काँप रहा है।)* ...ए तूम घुसा कइसे हमारा बेडरूम में !...उस बुढ़िया ने पहुँचाया...? ...साला दो दिन का पोहचान ...और बेडरूम तक घूस आया...

भिंडे : *(हँसता है)* ...अरे तुम जीनियस दादा! हमारा गुरू...! ...भूल गया क्या? आज वो डील पक्का करना है...! ...अनीता के साथ...! रोशनी बार...! ...ठीक नौ बजे रात...!

दादा : ...रोकड़ा ले के आया ? एडवांस लेगी वो फिफ्टी पोरशेंट...!

भिंडे : *(जेब से पर्स निकाल कर दिखाता है।)* ...दादा, पूरा एक पेटी ले के आया मैं...एक लाख...

Dada gets up hastily jumping out of his bed.

111. EXT. ROSHNI BAR–NIGHT

As Dada and Bhinde are walking towards the entrance, Dada says:

दादा : ...देखो भिंडे...! धोंधे में साला होम यारी–दोस्ती का रायता नईं फैलाता...! सोमझा...? ...कोमीशन लेगा होम अपना टेन पोरशेंट...! एडवांस...

भिंडे : *(मुस्कुराता हुआ)* कमीशन नईं दादा, गुरू दक्षिणा...! डबल देगा...! साली छोकरी पटाखा नईं,... ए के फोर्टी सेवेन है...! ...एक बार में दस खलास...!

112. INT. INSIDE ROSHNI BAR–NIGHT

(A SONG SEQUENCE)

There is a masked woman on the centre stage who is dancing with erotic movements, gyrating her pelvis and thrusting her thighs.

Dancers, male and female, wearing almost bare costumes– painted bodies, tattooed arms, necks and thighs– are performing on stage. Masks give a dreadful ghastly feel.

Camera moves from the stage to the people watching or drinking in the hall at different tables. Bhinde and Dada enter the hall and settle on a table.

दादा : ...आमरा चित्त ब्याकूल ...डेंजरस होता ये सोब खोकी...इदर का! किसी का सगा नईं होता ये लोग...! प्रोफेशनल साला सोब...! पक्का प्रोफेशनल...!...होम उस मुलगाँवकर को भौत सोमझाया...!

करोड़पति तो बन गया अब रुपया का हिफाजत करना सीख...! ...लेकिन ...वो...

Waitress comes and puts drinks on the table.

भिंडे : लेकिन दादा, अनीता के पास तो उसे तुम्ही ले के गया था...?

दादा : *(गुस्से में)* ...गया था तो क्या? होम सोचा वो मौज मस्ती कोरेगा...! *(जोरों से हँसता है)* ...साला कबाड़ी...बार का खोकी से इश्क का चोक्कर में पड़ गया...

Cut back again to the stage where the central woman is performing an erotic-dreadful dance.

On the table again, where Dada bows closer to Bhinde and says in whispers:

दादा : मुलगाँवकर का ...छै करोड़ रुपया किदर गया...? ...मालूम...? हमारा ब्रेन बोलता ...वो इस औरत के पास...!

Bhinde stares at him with piercing eyes. He grabs from the snack plate and starts munching with awful expressions on his face.

दादा : ...*(व्हिस्की की एक घूँट भरते हुए)* ...पोरन्तु भिंडे ...दादा का निगाह भौत तेज...! बाज का माफिक ...! होम खोज निकालेगा छै कोरोड़ रुपया...! सारा जोमीन खोद डालेगा होम...! साला तूम होशियार रहना...! इश्क कोरेगा...तो मोरेगा...

Suddenly, music/song stops and the woman descending down from the stage passes through the table, where Bhinde and Dada are sitting.

Camera shows the tribal mask of the woman.

She takes a turn and signals Bhinde to follow her. Bhinde, as if under a hypnotic spell, follows her to the stairs. They go up.

Dada remains there, happy with his booze.

113. EXT. TERRACE–NIGHT

Down below are city lights, indicating that the terrace is located on a high floor of the building.

Bhinde and the masked woman stand on the terrace. Her body is sexy and alluring, painted all over with color patches. She is wearing lingerie.

Anita comes closer to Bhinde and removes her mask.

अनीता : *(हँसती है)* ...येस तो मिस्टर भिंडे...? शुड वी नाउ टाक अबाउट अवर डील...?

भिंडे : *(चेहरे पर संजीदगी है)* ...येस...! उसी के वास्ते तो मैं इदर आया...!

अनीता : फर्स्ट तुम बोलो...! तुम कैसा असाइनमेंट चाहता ? क्या करना होएगा मुझे...? *(मुस्कुराती हुई नशीली अदा के साथ)* ...ए...! तुमको भी वो दादा भट्टाचार्जी ने करोड़पति बनाया क्या? ...कित्ता खोका ...कितना करोड़ तुमारे पास...?

Bhinde takes firm steps towards Anita. He stops before her, takes out his 'I – Card' and waves it over her face.

भिंडे : सॉरी मिस अनीता विलियम्स...! आयम दामोदर दत्तात्रेय भिंडे...! इंस्पेक्टर ...महाराष्ट्रा पोलिस...स्पेशल इनवेस्टिगशन सेल...

Anita is shocked. She loses her balance and takes the support of the railing. Fear and suspicion on her face.

अनीता : *(टेरेस की रेलिंग पर टिकते हुए)* ...व्हाट डु यू वांट फ्रॉम मी ...

भिंडे : *(आइ–कार्ड वापस जेब में रखता है)* ...टेक योर सीट कंफर्टबली...! और रोहितलाल मुलगाँवकर के बारे में जो कुछ जानती हो पूरा का पूरा बताओ...! उसका मर्डर हो चुका है दैट आइ थिंक यू नो...और मैं इस केस का इनवेस्टिगेशन कर रहा है...

Anita losing her balance collapses and is helped by Bhinde to sit on the chair. She is under deep stress. Her face in close wears expression of fear and tension.

Bhinde stares deep into her eyes. He is very serious. He takes out his usual bubblegum from the pocket and fills his mouth.

भिंडे : *(जल्दी जल्दी बबलगम चबाते हुए बेफिक्री से बोलता है)* सॉरी मिस अनीता विलियम्स ...वो हम जरा खाता–चबाता ज्यादा है !

(मोबाइल निकालकर नम्बर मिलाता है) ...हाँ जाफरी, इदर पहुंचो रोशनी बार...! हाँ ...वो टेबिल नम्बर 23 पर नजर रखने का...ओके...

(घूर कर अनीता को देखता है और ठोस आवाज़ में कहता है) ...देखो डरने का नहीं, और कोई बात छुपाने का नहीं...सब कुछ साफ–साफ, सच–सच बोलने का...

Anita under great discomfort. Her lips tremble. Two drops of tears finally roll form in her eyes. She speaks in a trembling voice.

अनीता : *(आवाज़ काँप रही है)* मेरा कोई रोल नहीं ...उसकी मौत में...*(चेहरे में डर है। लम्बी साँस खींचती है)*...वो सारा कुच्छ एक सपना जैसा था...! एंड इट इज आल ओवर नाउ...

Tears drop on her face.

114. EXT. ANITA'S FLAT–DAY

Rohit Lal Mulgaonkar pushes the door bell. The same musical bell.

Anita, dressed in a jeans and a short sleeveless top comes out. She is smiling. She shuts the door and walks with Mulgaonkar.

VOICE OVER:

अनीता : ...वो दिन था फ्राइ डे...! तारीख थी पन्द्रह जुलाई...! ...मानसून की हवाएँ चल रही थीं...!

...ओह कितना अच्छा मौसम था उस रोज़...! वो पहला दिन था मेरे असाइनमेंट का...! इसीलिए...वो खुद आया था मुझे लेने...!

...इसी सुबह से शुरू हुआ हमारा नया सफर...! ...एक बिल्कुल अजनबी दुनिया का सफर...!...

115. EXT. A MOVING SHOT OF THE RAILWAY TRACKS–DAY

A shot of the railway tracks and surroundings, with the theme music.

116. INT. LOCAL TRAIN COMPARTMENT–DAY

Anita and next to her Mulgaonkar.

117. EXT. MALAD STATION–DAY

Train stops at Malad Railway Station. Anita and Mulgaonkar are seen in the crowd moving on the platform.

118. EXT. ROAD–DAY

Taxi moving on an outskirts area, towards Manori, after crossing many busy city roads. Indian Navy's frigates and ships are seen. It is a deserted, less populated area, close to the sea.

Taxi stops and they both get out of it.

119. EXT. FERRY ON SEA–DAY

They both are seen sitting on a ferry. Anita's face shows joy and excitement. Mulgaonkar is also in a happy mood. Mulgaonkar is talking to Anita.

मुलगाँवकर : ...देखो मैं तुमको समझाता...! ...एक सपना है मेरा कि समुन्दर के किनारे एक छोटा–सा झोपड़ी है... मेरा...! एक छोटा–सा घर...!

...उदर दूर–दूर तक रेत है...और उदर समंदर का लहर...! उस पर कश्ती चलाता मैं...! ...मैं तैरता...उसकी लहरों पे...दूर–दूर तक...!

Anita looks mesmerized, totally engrossed in his words.

120. EXT. VARIOUS LOCATIONS (MONTAGE)–DAY

A. A small boat is seen on the sea with a lonely fisherman.

B. A big fishing-net covers the screen, as has been thrown towards the sky. Sea, boats, waves are seen through it in the backdrop of a sunset.

OFF SCREEN:

...जाल होता मेरे पास...! ...खूब बड़ा जाल...! ...वो जाल मैं फेंकता...तो सारा

आसमान ...सूरज...चाँद ... तारे...सब उस जाल के भीतर आ जाता...! ...अक्खा समुन्दर उसके अन्दर होता...!...ऐसा जाल मैं फेंकता...!...उदर सूरज होता ...दुनिया का सबसे खूबसूरत सूरज...!

C. A panoramic view of the cottage.

Anita is there, a dreamlike beauty, dressed as a fascinating fisherwoman, looking towards the sea.

और उदर मेरे घर ...मेरे झोपड़े में... भी कोई होता...!...सूरज से बी...चाँद से बी ज़्यादा खूबसूरत...! ...सिरफ मेरे वास्ते...! सिरफ मेरे वास्ते...! बिल्कुल ...तुमारा माफिक सुन्दर...!

...वो मेरा इंतज़ार करती...दरवाजे पे बैठ के...! अक्खा अक्खा दिन...! ...सारी सारी रात...!!...उसकी निगाह...उदर लगी होती जिदर मैं होता...! ...देखती रहती वो ...कि मैं कब लौटेगा...समुन्दर से...!

D. POV of Anita. Mulgaonkar, dressed as a fisherman, seen running towards her, in slow motion. Sea tides rise very high in the background.

OFF SCREEN:

हाँ...हाँ...वो गाती...! हाँ गाती...वो...! ...वो गाना जो मैं बचपन में सुना...! जो मेरी माँ गाती थी...

A melodious folk song is played.

121. EXT. FERRY ON SEA–DAY

VOICE OVER

अनीता : ...मुझे थोड़ा–थोड़ा डर–सा लग रहा था। ...लगा जैसे मैं अपनी रोज़ रोज़ की मुम्बई की जानी पहचानी दुनिया से निकल कर रोहितलाल मुलगाँवकर के सपने की अजीबो–गरीब दुनिया में दाखिल हो रही हूँ...!

A picturesque view of the hut is shown through Anita's perspective.

VOICE OVER

अनीता : ...ओह...! एक खूबसूरत, छोटा–सा कॉटेज...! लगा जैसे उसे किसी इन्सान ने नहीं, समुद्र की लहरों और रेत की हथेलियों ने बनाया हो...! ...एक ख्वाब जैसा घर...! जो उसने उदर समुन्दर के किनारे मनोरी में खरीदा था...! मड आइलैंड के उदर!

They walk slowly towards the hut.

122. EXT/INT. HUT–DAY

Mulgaonkar opens the door of his cottage. They move inside.

VOICE OVER

लेकिन जैसे ही मैंने घर के अन्दर कदम रखा तो चौंक गयी...!

Inside there are various kind of antique objects and properties. i.e. Cot, Kerosene lantern, lamps, diya, wooden chairs, Chataai, curtains, A masnad with beautiful embroideries. Pillows with silk covers, A designed fish net is hanging on a khoonti on the wall.

Bamboo tokris and placed as part of the interior decoration..

There is a huge painting of sea with fishermen on one of the walls.

Anita stands baffled looking all around.

VOICE OVER

...मैं घबरा गयी...! ...किस जगह आ गयी मैं...! ...बिजली का पंखा तक नहीं...! फ्रिज नहीं ...ए...सी नहीं...! टीवी वीसीडी... म्यूज़िक डेक नहीं...! लगा कोई नाइनटींथ सेंचुरी के टाइम में आ गयी मैं...! जैसे कोई टाइम मशीन इदर ले आया मुझे...!!. ये आज की दुनिया है ही नहीं...!.

Suddenly camera shows a gramophone placed on a table in a side-corner.

Mulgaonkar walks towards the gramophone, takes out a disc from the container, puts it and plays.

Anita watches all without any expression.

Mulgaonkar gives a smile. She doesn't respond.

The song fills the ambiance ...... 'jane na najar pehchane jigar, hai kaun jo dil mein samaayaa….'

123. EXT. HUT–DAY

Song continues.

Exterior view of the hut.

Sea waves. Boats are seen. It is a pictorial view.

124. INT. HUT–DAY

Mulgaonkar comes out from the bathroom dressed as a fisherman. He is wearing a lungi and banyan, a taveez is hanging on his neck with another tied on his right arm. He has put an angochha on his left shoulder.

Anita looks at him and is baffled.

Music suddenly stops and a screeching sound of needle takes over.

Mulgaonkar rushes to the gramophone and changes the disc.

Strangely, Mulgaonkar starts humming with the song, shaking his body and smiles at Anita, making faces with the music.

Anita bursts out with a loud laughter.

125. EXT. TERRACE. NIGHT

Anita smiles faintly through her tears. Bhinde is watching her.

अनीता : *(दर्द भरी मुस्कान और यादों में डूबी आवाज़)* ...मैं बोली उससे...! मैन, तुम मुझे किस चिड़िया घर में ले आया...! ...मैं इदर रहेगी ? नो ...नेवर...! ...तो मालूम है? वो घबरा गया...! बहुत बुरी तरह से...! ...एक ऐसी मासूमियत थी उसके चेहरे पर जैसे किसी डरे हुए बच्चे का चेहरा...

भिंडे : *(चबाता हुआ टेढ़े मेढ़े–मुँह से बोलता है)* ...हूँ...! तो इस तरह से शुरू हुआ तुम्हारा असाइनमेंट का पहला दिन...? ...तो कितना टाइम तक चला तुम्हारा ये कांट्रैक्ट...?

अनीता : *(एक लम्बी साँस लेते हुए)* ...दस साल...! ...लेकिन लगता है जैसे वो एक पूरी जिन्दगी थी कोई...! दूसरी ज़िन्दगी...

Inspector Bhinde gets up, Turns his back to Anita, talks something on his mobile in a muffled way. Then he drags his chair closer to Anita and asks in a very flat-stern voice:

भिंडे : *(चबाता हुआ)* ...हूँ...! आगे क्या हुआ?... *(गहरी आवाज़ में)* कुच्छ भी छुपाने का नहीं...! मालूम ...एक झूठ ...हजार झूठ को पैदा करता ...और मिस अनीता विलियम्स ...झूठ का पैर नहीं होता...!! अंडरस्टैंड...!!!

126. INT. FAST MOVING LOCAL TRAIN–DAY

View of railway tracks and the surroundings as the train keeps on moving further away.
Anita is sitting beside window, alone,
She is watching out side the window.
Mumbai in fast trek.

ANITA'S VOICE OVER

...शुरू–शुरू में बहुत अजीब सा लगता था मुझे! ...मैं सुबह फ्लैट से निकल कर लोकल पकड़ती और मलाड के लिए रवाना हो जाती। ...मेरे ब्लाक के लोग सोचते मैं कोई जॉब करने लगी! आफिस जाती मैं ...रोज़...!
...फिर उदर टैक्सी पकड़ कर मैं मड आइलैंड पहुँचती...! दाना–पानी बीच साइड...!...
...और उदर ...अक्सर वो ...मेरा इन्तज़ार करता रहता...! मुझे देखते ही उसकी आँखों में चमक आ जाती...! ...लगता वो मुझे नहीं...जैसे अपने किसी सपने को देख रहा हो...!...ओह! उस जैसी निगाह से मुझे पहले कभी किसी ने नहीं देखा था...
In the Voice Over, shots given below are placed appropriately.

1. Taxi reaches ferry point, Anita steps out and walks towards the ferry.
2. Anita gets down from the ferry.
3. Anita walks towards the hut.
4. Long shot of the hut, showing Mulgaonkar as a fisherman standing on the door.
5. Close shots of Mulgaonkar. His expressions of pleasure and greetings. etc.

127. EXT. HUT–DAY

Anita reaches to the cottage and smiles at Mulgaonkar:

अनीता : *(मुस्कुराते हुए)* ...ओह, तुम तो बिल्कुल सच्ची का मच्छीमार लगता...! मछुआरा...! फिशरमैन...

मुलगाँवकर : ...*(खुश हो कर)* ...थैंक यू...!

Anita goes inside the hut, followed by Mulgaonkar.

128. INT. HUT–DAY

Anita throws her handbag on the cot and combs her hair as if she is relaxed. Mulgaonkar comes to her holding an exotic plastic packet in his hands and offers it to her. Mulgaonkar is hesitant.

अनीता : *(ताज्जुब से)*...ये क्या है...?

मुलगाँवकर : ...*(थोड़ा–थोड़ा झिझकते हुए)* ...वो क्या है कि... तुम्हारे वास्ते लाया मैं...! ...वो इदर का माफिक कपड़ा–लत्ता...

अनीता : *(चौंकती हुई)*...व्हाट...? लत्ता पहनेगी मैं...! *(वार्निंग देती हुई)*...देखो ...मैं कोई ऐसा वैसा ड्रेस नईं पहनूँगी...! अंडरस्टैंड...?

मुलगाँवकर : ...*(घबराता हुआ)* ...नईं.! वैसा बात नईं अनीता! ...फैब इंडिया से ले के आया मैं...! ...वो इदर का जो लाइफ है ना...! उसका एकार्डिंग तो होना माँगता ना...? मेरे को देखो...

अनीता : *(मुलगाँवकर को देखकर हँसती है और पैकेट उसके हाथ से ले लेती है)*...तुम तो पूरा ...मच्छीमार लगते हो...! एकदम परफेक्ट...

(पैकेट के भीतर झाँकती है)...हूँ...! वेरी गुड फैब्रिक...! ऊ...ऊ...व्हाट अ च्वायस...!... *(अन्दर टटोलकर एक कमरबन्द निकालती है।)*...और ये क्या...?

मुलगाँवकर : ...*(शरमाता हुआ)*... वो ...थोड़ा–सा ज्वेलेरी बी है...! ...नकली नईं...! वो जेम्संस ज्वेलेर्स का है...! कमरबन्द...वेस्टचेन बोलता ना...!

अनीता : *(खुश होती हुई)* ...यार तुम तो पूरा फैशन डिज़ायनर हो...!...*(आँखें चढ़ाकर उसे देखती है)*...अरे...! टेल मी...! ये तो गोल्ड एंड डायमंड है...? इतना कॉस्टली...?

(मुलगाँवकर चुप है)

...ओ के...! ...तो अब मैं इसको उदर जाके पहनूँ ...? है ना ? ...*(पैकेट लेकर बाथरूम की तरफ जाती है)* ...ठीक है...रोहित लाल

मुलगाँवकर...! ओ के...! क्लाएंट का बात तो मानना ही पड़ेगा ना...

Anita goes inside the bathroom. Her shadows through the chic, designed beside its door. She is changing.

Her body curves in silhouette shown in fascinating way.

Mulgaonkar's eyes are fixed in anxiety and expectation.

He is lost completely.

Anita comes out of the bathroom.

She is totally transformed into a fascinating young fisher woman, dressed in a wonderfully designed ethnic sari and sparkling gold-diamond waist chain. Kangans and rings are also there.

Mulgaonkar is dazed, mesmerized.

Anita looks at him, observes her own dress and says smilingly, in a childish manner.

अनीता : ...ए...! रोहित लाल ! कैसी लगती मैं...? अच्छी लगती...कि...*(हँसती है)* ...कि एकदम बंडल...?

Mulgaonkar's eyes are lost in to a dream.

Anita watches him and then bursts out in a loud laughter.

अनीता : ...ओए...! ओए!...लगता है तुम्हारा बल्ब फ्यूज़ हो गया...! ...एकदम फटाक...*(हँसती है)*...गया काम से मच्छीमार ...बेचारा...!! पुअर फिशरमैन...!!...खल्लास!! *(हँसती है)*

129. EXT.TERRACE–NIGHT

Anita stands resting her arms on railing.

Background of city traffic and night lights, down below, in a high angle shot.

Close shot of her face as she is narrating it to Bhinde. A billboard's moving lights fall on her. Different colors fly over her face.

अनीता : ...*(अपने आप में खोयी हुई)* ...ओह! ...अजीब था वो रोहित लाल मुलगाँवकर...! कई बार सोचती... कहाँ फँस गयी मैं, कौन सा एसाइनमेंट ले लिया...?...लेकिन कुछ ऐसा भी था ...जो मुझे अच्छा लगता था...! भायद एक थ्रिल...!...एक तरह का एडवेंचर!

130. INT. HUT–DAY

Anita picks up an angochha from a peg and folds it. Then she looks around for a place to keep it, ultimately hanging it back. She gets up and the camera pans following her as she walks to the door.

VOICE OVER

अनीता : ...रोहित लाल मुलगाँवकर सुबह–सुबह अपना जाल लेकर निकल जाता...! पता नहीं समुद्र में कहाँ–कहाँ भटकता! झोपड़े में रह जाती... अकेली ...मैं...! ...आल अलोन...!!

131. EXT. HUT AND SEA–DAY

A. A long shot of the sea from Anita's perspective.
B. A shot of Mulgaonkar sitting in his boat and sailing alone. It is a pictorial shot keeping door of the hut in the frame.
C. Shot of Mulgaonkar, on the boat. Happy and enjoying, possibly singing some folk song.
D. Anita is seen standing at the door of the hut.
E. Anita is sitting on veranda looking towards sea.

VOICE OVER

अनीता : ...मेरे पास कोई काम नहीं था सिर्फ इन्तजार करने के अलावा...! दिन भर मैं उसके लौटने की राह देखती। कितना लम्बा होता था दिन! ...दोपहर ठीक दो बजते और... वह लौटता...

132. EXT. HUT AND SEA–DAY

Mulgaonkar wades through the water pulling his boat to the shore.
A close shot of Mulgaonkar, he is completely drenched. A big grin of joy on his face. He calls out to Anita.

मुलगाँवकर : *(पुकारता है)* ...ए...!...ओ...!...अनीता...!!!.! ...देखो ...क्या ले के आया मैं इदर...! देखो...! हा...हा...!!

Anita, she is washing a bucket outside. She looks up to see.

Mulgaonkar's hand is stretched out with a big, beautiful coral in his hand and he is running towards her.

Close shot of a fascinating coral. Sun rays are falling and getting reflected.

Anita gets up and eagerly paces towards him.

She takes the coral from him and is very excited.

अनीता : ...*(खुशी में)* ...ओह...! कित्ता खूबसूरत कोरल...!

Anita examines the coral with a child-like curiosity.

Mulgaonkar has a pleased expression and pulls out a handful of stones from his shoulder-bamboo-basket.

मुलगाँवकर : ...*(बच्चों की तरह खुशी में)*...अच्छा लगा तुमको...? ...तो देखो...! ...देखो...! ये तुम्हारे लिए...! मैं समुन्दर में गोता मार के निकाला इसे...! भौत .है उदर पे ...गहराई में...!

A close shot of the colorful stones sparkling and shining in the sunlight on his hand. Rays reflected from sea-stones are dancing all over the screen. Anita's face in the backdrop, totally lost, astounded with the shocking beauty of it.

Voice over of Mulgaonkar continues for some time over stones.

...कोरल, ...भाँख ...मछली...कछुआ... मोती...पन्ना...कारनेलिया...टैगुआ...एंबर... चकमक...! ...ओह कित्ता रंगीन...!...कित्ता खूबसूरत...!

अनीता : *(मचल कर)* ओह...! ...रोहित...! ...प्लीज़...! मुझे भी ले चलो ...उदर! मुझे देखना है...! ...इदर मैं बोर होती...! ...इदर मेरे को पिंजड़े में बन्द कर दिया तुमने...!

Anita turns and picks up an angochha and throws it at him in angst.

Mulgaonkar catches it, a wide, joyous smile on his face.

मुलगाँवकर : ...*(खुश होकर हँसता हुआ)*...चलोगी तुम...? सच्ची...?

133. EXT.SEA–DAY

Seagulls flying on sky over the sea, quacking.

Anita and Mulgaonkar sitting on the boat, excitedly feeding the seagulls.

Mulgaonkar with birds feeding them from his hand *(if possible)* /or on the deck and Anita watching him mesmerized.

Anita claps with excitement and looks up to Mulgaonkar he too is smiling.

अनीता : ...देखो...देखो...! कितनी बदमाभा है वो चिड़िया ! बार बार सारा का सारा खुद

खाए जा रही है...! *(मुलगाँवकर के कंधे को पकड़ती हुई)* ...ए...! दूसरों को भी खिलाओ ना...!

मुलगाँवकर : *(मुस्कुराकर अनीता को देखता है और उसकी हथेली में दाने रख देता है)*...मेरे से डरती सब...जैसे तुम डरती...! लो तुम खिलाओ...

Anita throws the crumbs at the helm and the birds swoop down. Anita claps with joy and Mulgaonkar laughs happily.

Camera pulls back slowly. Sun is likely to set in the backdrop. Colored clouds and sky form a picture-postcard shot on screen.

Anita and Mulgaonkar are seen in silhouette, close to each other.

134. EXT. HUT–DAY

Sky is covered with dark clouds. Anita spreading clothes on a line outside the hut.

A close shot of her frustrated expression as she pushes her hair back with the back of her hands. She looks towards the sea.

Violent waves splash against each other and get shattered.

Anita looks up. Sky is covered with dark clouds.

A strong storm comes and clothes, she was hanging, are swept with the gale.

Sand strikes against her face. She rubs her eyes and runs after the clothes to hold them.
Anita falls to the ground. Sand covers her partly. She finds it difficult to breath.
A boat touches the shore and Mulgaonkar holding a tokri and heavy net on shoulder, is seen running towards her.
He reaches her and supports her to get up and escorts her towards the hut.
Anita walks holding his arms, silently.

135. INT. HUT–DAY

A strong wind is still blowing outside. There is thunder and lightening.
Anita is sitting on the cot.
Mulgaonkar takes out a big fish which is still alive from the bucket.
Close shot of the fish, convulsing, leaping. Mulgaonkar catches it and thumps it on the floor. He takes out his dagger.
Dagger is close from Anita's perspective.
Anita screams out of fear.

अनीता : *(चीखती है)* ...क्या है ये सब...? ...क्या है!...!! ...*(उसकी आँखें फटी हुई हैं।)*... कहाँ आ गयी मैं? ...मुझे नहीं करना ये असाइनमेंट...!! ...ए...! ए...! रोहित लाल...! मुझे तुमसे डर लगता है...!!

आयम स्केयर्ड ऑफ यू ...*(उसकी आँख से आँसू बहते हैं)* ...तुम मार डालोगे मुझे...? है ना ...?

Close shot shows Mulgaonkar perturbed and looking at Anita with pleading eyes.

मुलगाँवकर : ...नई...! नई...! ऐसा नई है...! अनीता...! ...कसम से...! ...ये तो तूफान है...! इदर पे हर तीसरे रोज़ आता...! अबी सब ठीक हो जायेगा...!! देखो ...मैं म्यूज़िक सुनाता तुमको...

Anita stares at him with wide eyes.

Mulgaonkar walks to the gramophone and plays it.

Music fills the room. Music becoming gradually louder and thunder storm sounds fading away. Music takes over.

Mulgaonkar comes to Anita. She looks at him. His eyes are wet.

Mulgaonkar takes out two bundles of notes from his pocket and puts it beside Anita.

मुलगाँवकर : ...*(धीमी आवाज़ में)* ...अनीता! आज एक महीना पूरा हुआ...! तुम कैंसिल करना माँगता कांट्रैक्ट...? ओके...! ...मैं इदर तुमको डराने और मारने वास्ते नई लाया...! ये रखो...! तुम जा सकता...!!

Mulgaonkar walks back and sits on a chair beside gramophone, listening to the song.

Anita keeps on watching. Music becomes overwhelming.

A smile appears on Anita's face.

She gets up and walks slowly to Mulgaonkar and pulls his arms.

अनीता : *(बाँह पकड़ कर खींचती हुई)* ...ए! कित्ता अच्छा म्यूज़िक है ना?

(मुस्कुराती है)...अबी ...तो मच्छी पकाना मेरे को ...! चलो बताओ..., कैसे पकाते हैं वो मच्छी का झोल...!...लहसुन तो मैं काट के रखी, अदरक भी...!

Mulgaonkar looks at her unbelievingly.

Anita smiles and drags him to the kitchen.

136. INT. KITCHEN–DAY

It is the same day, there is still darkness because of the stormy weather. A lantern has been kept at a side.

In a mud-stove, wooden logs are in flame.

Mulgaonkar is at it with a kadhai on the fire. The light of the flames plays on his face.

Just behind him Anita sits, attentive to what Mulgaonkar is doing.

मुलगाँवकर : *(पीछे की ओर घूम कर)*...ए मच्छी पकड़ाना...!

अनीता : *(पीतल के परात को उसकी ओर बढ़ाती हुई)* ...क्या पका रहे हो...?

मुलगाँवकर : ...मच्छी...

अनीता : ...धत् ...वो तो मैं बी देखती...! ...आँख नई क्या मेरे...!

मुलगाँवकर : ...वो तो है...! *(हँसता है)* ...दो...ठो...! *(मछली को कड़ाही में डालता है। जोरों की छनछनाहट। अनीता घबरा कर खड़ी हो जाती है)*

अनीता : ...बाप रे...! अरे जल जाओगे...! गैस का स्टोव क्यों नईं लेते...?

मुलगाँवकर : ...*(हँसता है)* ...हम तो ठैरा मच्छीमार...! लक्कड़ जला कर अपुन मच्छी पकाता...! अपुन का झोपड़ा में गैस नईं, टीवी नईं, पंखा–बिजली, एसी फिरिज ...कुच्छ बी नईं...!

अनीता : ...*(जोरों से हँसती है)* ...ए ...! रोहित लाल मुलगाँवकर ! मच्छीमार...! एक्टिंग दिखाता मेरे को...? .*(करीब आकर उसके कन्धे के ऊपर झुक जाती है। कान के पास मुँह सटा कर।)* ...ए ...! कौन–सा डिश पकाता तू...

मुलगाँवकर : *(जैसे ही बोलने के लिए चेहरा घुमाता है, उसका चेहरा अनीता के चेहरे से टकरा जाता है।)*...मैं ...पकाता झोर ! मच्छी का झोर ...! भात के साथ खायेगा अपुन...! वो हल्दी देना...

Anita picks spices from a wooden plate and before Mulgaonkar can take it, she rubs haldi on cheeks of Mulgaonkar and laughs loudly.

137. INT. HUT–DAY

Mulgaonkar is eating, sitting on floor. Thali is placed on a wooden peedha.

Anita sitting as a traditional house wife, watching him. Mulgaonkar eats mixing fish and rice in awful manner. Irritation appears on Anita's face. She puts palloo on her nose.

VOICE OVER

अनीता : पहले वो खाता! मैं देखती रहती...! फिर उसके उठने के बाद मैं खाती! ...आह ...वैसा स्वाद उसके बाद मुझे कभी नहीं मिला...! बहुत कोशिश की...! बहुत ढूँढ़ा...!... ...अजब–सा मैजिक था उसके हाथ में...! जो भी वो बनाता ...मैं सीखती...! अजीबोगरीब डिशेज़ ...जिनका नाम भी मैंने कहीं नहीं सुना...! धीरे... धीरे मुझे वहाँ की हर चीज अच्छी लगने लगी...! हर चीज...! ...और मैं उस दुनिया में खोने लगी...! ...मैं उसी का एक हिस्सा बन गयी...!

मुलगाँवकर के सपने का एक कैरेक्टर...

Glimpses of events are shown in a lyrical manner.

1. Anita is eating, sitting on floor. Mulgaonkar seated on Khatiya watching her.
2. Mulgaonkar while eating offers a bite to Anita, after initial reluctance, she takes a mouthful of it and her face expresses pleasure.

3. Anita with Mulgaonkar on boat. They are sailing. Seagulls are also seen. Suddenly Anita gets up and pushes Mulgaonkar out. He falls into the water. She laughs and claps.
4. Anita, inside hut wiping records with her palloo, with all care.
5. Both are running on the beach against a picturesque sunset.
6. Anita throws sand on his face, He rubs his eyes.
7. Anita is humming some old song and packing tiffin for him.

138. EXT. FERRY POINT–DAY

Anita dressed in trendy clothes, gets off at the ferry point.

139. EXT. HUT–DAY

Anita is walking towards the hut, dressed in modern, western clothes. She stops at the door of the hut and looks for Mulgaonkar.

Mulgaonkar is seen coming. He is also dressed in a suit and shoes and carrying a huge traveling bag in his hand.

140. INT. HUT–DAY

Mulgaonkar pulls the zip of the bag. Anita stands with an amused curiosity on her face.

अनीता : *(उत्सुकता के साथ)*...ए फिशरमैन! ...तुमको समुन्दर से तूतेनखामेन का खजाना मिल गया क्या...? क्या भर के लाया इस बैग में...?

Mulgaonkar unzips the bag and pulls out exotic tribal and folk jewelery one after the other. He picks one from the bag and hangs it before Anita.

मुलगाँवकर : ...ये देखो ...हार नौलखा...! गले में डालने का...! ...ये कमरबन्द...! करधनी...!.कमर का वास्ते...! ...और ...ऊँ ...ऊँ...ये रहा हँसुली...! गले में पहनने का...! ये बहुंटा...! ...ये...पायल...नथनी ...झूमर...कंगन...कड़ा... !!...और ये देखो ...!! मेरे को खुद नईं पता ये क्या...? ...हाँ .! ये नागमोरी...! साँप जैसा दिखता ना...! इदर बाजू में पहनने का...

Anita is kneeling on the floor beside him looking dumb-struck at all the gifts scattered around them. She excitedly grabs the jewelery and some saris and rushes towards the curtained bath, the saris trailing behind her.

अनीता : ...मैं चली ...फिशरमैन...! वेट करना मेरा...! *(पलटकर ! गुस्सा दिखाती हुई)* ...ए...! इदर आँख जमाने का नईं ...! बाहर देख...! बाहर...!

He smiles with affection, and looks towards the window and winces at the bright sunlight streaming in . He walks towards the window to close it.

Anita's figure in silhouette is shown from behind the curtain as she starts wearing the jewelery. Anita can be seen bending to wear a payal. Mulgaonkar notices her. He moves towards the corner of the room, where a Sarangi is kept.

Mulgaonkar plays sarangi. Music fills the room.

Anita comes out dressed in various pieces of jewelery and a chiffon sari which reveals her figure sensuously. Decorated with exotic ornaments, she looks like a classic sculpture of Khajuraho.

अनीता : *(उसकी आवाज़ बहुत धीमी, सुरीली है और उसमें गूँज है)*...ए मच्छीमार...! कैसी लगती मैं...! ...बोलो...

He stares at her dumb-struck.

Anita smiles a little.

Mulgaonkar walks towards her with a trance-like expression.

The camera follows and captures the changing expression on Anita's face as she watches him come close.

Mulgaonkar hesitatingly extends his hand to stroke her arm. The tension in him is shown in his movements. He grips her arm very tightly.

Suddenly Anita, after a moment of initial softness, wriggles out and says in a very firm, cool voice.

अनीता : ...ए...! ये क्या है !...ये हमारे कांट्रैक्ट में नई है...!

Mulgaonkar is shocked. Anita, like a fascinating statue, animated, laughs and walks towards the door.

141. EXT. SEASIDE–DAY

Anita is walking towards the sea. A picturesque shot, through the perspective of Mulgaonkar standing at the door.

VOICE OVER

मैं सचमुच नहीं जान पाती थी कि कैसा आदमी है वो रोहित। कभी वो बिल्कुल सिंपल लगता ! सीधा–सादा! अपने में मस्त! और कभी एक लम्हे में वो किसी अजनबी आदमी में बदल जाता...!

142. EXT. SEA SHORE–EVENING

Mulgaonkar's boat is tied with a rope. He sits on the sand.
Mulgaonkar is bent upon fishing net trying to disentangle it and gets more entangled himself in the procedure.

VOICE OVER

...एक पहेली था वो...! करोड़ों रुपये थे उसके पास ...लेकिन कैसी ज़िन्दगी वो जी रहा था ?

...मैं समझ नहीं पाती थी कि मैं उसे पसन्द करती हूँ या नहीं ...कैसा उलझा हुआ रिश्ता था मेरा उसके साथ...?

Close shots to show his hands busy desperately to untie its knots. His face is tense.

Anger and frustration gradually increases.

Abruptly, he throws down the part of the net.

Anita laughs aloud.

Mulgaonkar looks up to find her standing just over his head, watching him with an amused expression.

अनीता : ...*(पुचकारते हुए)* ...च्...च्च्...! बेचारा...पुअर फिशरमैन...! *(हँसती है)*

मुलगाँवकर : *(चिढ़ते हुए)* ...खड़ी हो के तमाशा देखने में बड़ा मजा मिलता तेरे को...? मदद करने के नाम पे दाँत चमकाना जानती ...बस...!

अनीता : *(चिढ़ाती हुई)* ...ओ...मिस्टर मुलगाँवकर...! रिमेम्बर...! तुम्हारा जाला का फन्दा सुलझाने का जॉब मेरे कांट्रैक्ट में नईं...! समझा...!

मुलगाँवकर : *(परेशानी में)* ...एक ही बात लिखा तुम्हारे कांट्रैक्ट में...! मालूम मेरे को...!...

अनीता : क्या...?

मुलगाँवकर : मेरी खोपड़ी का बीतर जो भेजा होता ना ...गरम...गरम...? उसको चाटने का और दाँत निकालने का...

अनीता : *(उसके बगल में बैठ जाती है और जाल उठाकर गाँठ सुलझाने लगती है)* ...गुस्सा हो गया मेरा मच्छीमार! अरे मैं तो मजाक कर रही थी...! ला मैं सुलझाएगी जाला...! देख...

She kneels before him and starts working on the net.

The backdrop of the vast ocean is against them.

Mulgaonkar watches Anita as her full concentration is now fixed on getting the net disentangled.

Shots of them getting even more entangled in the net and Anita's concentrated expression along with Mulgaonkar's enamored look.

143. EXT. SEASIDE–DAY

Anita is making a gharonda in a playful mood with sand.

Mulgaonkar puts his hand on hers to help her shape it better.

Anita pulls out her legs and a gharonda is formed.

मुलगाँवकर : *(हँसते हुए)* ...क्यों ? क्या झोपड़े से मन ऊब गया तेरा...? बालू का घर बना रई इदर पे...!

अनीता : *(उसे गहरी आँखों से देखती है)* ...रेत का घर, हवा का खम्भा, आकाश की छत...! ...अभी एक समुन्दर की लहर आयेगी...

और घरौंदा...गायब...! *(आँखें ऊपर उठाकर देखती है)* ...है ना मच्छीमार...?

मुलगाँवकर : तू मुझे हमेशा मच्छीमार क्यों बोलती...? हर टाइम क्या मैं मच्छी ई मारता रहता...?

अनीता : ...ओ के...! पहेली बार आदमी जेसा बोला तू...! अब मैं तुझे कहूँगी...कहूँगी...कहूँगी...! बताऊँ?

मुलगाँवकर : ...बिल्कुल मत बता...! नईं सुनना मेरे को...कोई गन्दी बात...!

अनीता : मैं कहूँगी ...तुम्हें रोहित...! *(रुक कर)* ...ए तुमने अपने घर के बारे में कुछ नहीं बताया कभी...! कौन कौन है उदर पे...

मुलगाँवकर : क्या करोगी जान कर...? एक घर होगा मेरा जरूर...जिदर से मैं रोज आता...! जैसा एक तुमारा ...जिदर से तुम रोज आती...!

(उसकी आँखें कहीं खो जाती हैं)

लेकिन ...अनीता...! अपुन ने ज़िन्दगी भर जिस घर का सपना देखा था ना...! वो घर यही है...! वो ...वो...मेरा झोपड़ा...

(लम्बी साँस खींचकर) ...यही मेरा घर...! *(मुस्कुराता है)* ...अपने बारे में कुछ और बताने का बात अपुन का कांट्रैक्ट में नईं लिखा ! क्या?

Anita stares at him for long. She is in her thoughts. Then she looks down. Her gharonda is seen. Evening sun rays falling over it.

144. EXT/INT MULGAONKAR FLAT–NIGHT

These are the glimpses of his life back home. It could be shown in some color tint say, sepia *(contrary to common practice, where the past is shown in sepia).*

Mulgaonkar climbs a dingy staircase. A leather bag *(the kind clerks carry to office)* in his hand.

Used plates are lying unwashed in the kitchen sink. On the dining table food is kept covered with a plate.

Sushila *(in a night gown)* combs her hair before the mirror. Mulgaonkar can be seen in the mirror, reading a magazine. She smiles first to the mirror and then to him. She switches off the light. Mulgaonkar is left holding the magazine in the dark.

He is in a happier mood, playing cards with Tina.

145.A. EXT. SEA SHORE–DAY (SUNSET)

Sun is almost set. Darkness descends slowly.

Mulgaonkar jumps out of his boat's helm, which had just knocked the shore.

He ties the rope to a wood stump.

Cut.

Anita spreads a durrie on the sand, beside a big rock.

Mulgaonkar looks at her. There is surprise on his face.

मुलगाँवकर : *(रस्सी को खूँटे से बाँधते हुए)* ...ए...! .ए...! क्या देखता मैं ...? ...घर नईं लौटना क्या...? ...टाइम हो गया...!

अनीता : *(दरी पर इत्मीनान से पसरते हुए)* ...देखो ...रोहित...! इदर से वो आसमान कित्ता सुन्दर दिखता, जिधर सूरज अभी–अभी डूबा...! ...अभी थोड़ी ही देर में उदर चाँद उगेगा ना...?

Mulgaonkar walks towards her and stands near her.

मुलगाँवकर : *(सिर को अँगोछे से रगड़ता है। पानी के छींटे अनीता के ऊपर गिरते हैं।)* ...सूरज तो गया...और चाँद के निकलने में अबी कम–से–कम दो घण्टा लगेगा...! मैं बोलता घर नईं जाना क्या...?

अनीता : *(उसकी ओर खोयी खोयी आँखें उठाकर देखती है)*...रोहित...! ये घर नहीं है क्या...? तुम्हारा घर? ...तुमने ही तो कहा था...!

मुलगाँवकर : *(परेशानी में)* ...वो तो कहा था...! ...पर क्या है कि लेट होने पे...वो लोकल और फिर उदर टैक्सी मिलने का लफड़ा...! अबी तो ड्रेस बी बदलने का...

अनीता : *(मनाती हुई)* ...ए...! प्लीज़ ...! आज थोड़ी देर रुक जाओ ना...! मैं आज रात यहाँ से कहीं और जाना नहीं चाहती...! ...इदर बैठो ना तुम भी...प्लीज़...

मुलगाँवकर : *(घबराहट और उलझन में)* ...मजाक करती तुम...! ...चलो...! आज का असाइनमेंट खतम हुआ...! चलो...

अनीता : *(उठ कर उसका हाथ पकड़ कर खींचती है)*...आज मैं देती तुमको असाइनमेंट...! बैठो इदर चुपचाप...! बैठो...! ...अभी जब चाँद निकलेगा उदर ...और उसकी चाँदनी जब इदर की रेत पे दूर–दूर तक बिखरेगी...जैसे सोने की धूल...और समुद्र की लहरें उसे छूने के लिए रेत के ऊपर दौड़ेंगी...तो हम उसे देखेंगे...रोहित...! है ना...?

मुलगाँवकर : *(सिमटता हुआ बैठ जाता है और झेंप मिटाने के लिए बोलता है)*...रात में ना... इदर तक समुन्दर का पानी आ जाता है...! वो चाँद की रोशनी में ज्वार भाटा उठता है...! समुन्दर का लहर खूब ऊपर तक उठता है...! जिदर तुम लेटी वो सब डूब जायेगा पानी के भीतर अबी एक घण्टा के भीतर...

अनीता : *(एकटक उसे देख रही है)* सच्ची...! ...तो... हम भी डूब जायेंगे...रोहित...! *(मुलगाँवकर की उँगलियों में अपनी उँगलियाँ कस कर फँसा लेती है)*... देखो...हमने कभी इस झोपड़ी में रात नहीं बिताई...! आज कहीं मत जाओ प्लीज़...

Mulgaonkar stares at her with an amused expression. He is skeptical and stunned. He attempts to free his fingers. Anita takes notice of it and says:

अनीता : ...ठीक है...!...तुमको जाना हो तो जाओ...! तुम्हारी फेमिली तुम्हारा इन्तजार कर रही होगी...! मैं तो रुकूँगी यहीं आज की रात...! अपने इसी घर में...! इस रेत के घर में...

Mulgaonkar looks at her disbelieving then a very pleasant smile appears on his face.

145.B. HUT INTERIOR.

Shot starts with a lantern, burning inside on wooden beam.

Camera shows interior.

Mulgaonkar is sitting on khatiya.

Rustles of curtain and Anita steps out of the bath. She is dressed in normal clothes. Salwar suit.

Mulgaonkar smiles uncertainly. She sits beside him on the cot and puts her arms around him. She smiles and giggles.

अनीता : *(हँसती हुई)* ...देखो, आज न तो तुम मछुआरे और न मैं मछुआरन...! हम दोनों बिल्कुल असली...! रियल...! एकदम... रियल...! अनीता अलबुकर्क और रोहित लाल मुलगाँवकर...!! ड्रेस देखो...! है ना रियल...?

(उसके बालों को जोरों से खींचती है) ...ए ...ए...! अब जाग जाओ...! इदर से सपना खतम और असली ज़िन्दगी शुरू... !! *(उसके चेहरे को अपनी ओर खींच कर चूम लेती है और उससे लिपट जाती है)*

Mulgaonkar touches her neck gingerly; a look of fear and uncertainty is still on his face. Anita laughs and sifts her hands through his hair. He nudges his face towards her hand, his eyes closed, a look of pleasure on his face. She bends her head towards his neck. Close shot of their hands, tangled with each other.

The light of the lantern is falling on them with a glow, throwing shadows. Sounds of labored breathing.

Camera moves to rustling curtains, jeweleries dumped over a wooden log and their discarded clothes lying on the ground, disheveled.

Outside shot of a group of seagulls strutting by the backwater near the hut.

The reflected moon is in the water.

Anita is sitting, bare-backed. Mulgaonkar's hand traces a pattern on her back. She turns to look at him.

Close shot shows there are tears in her eyes.

अनीता : *(उसकी आँख से आँसू छलक जाते हैं)* ...ये हमारे कांट्रैक्ट में नहीं था, रोहित...!!

Mulgaonkar looks at her dazed.

146. NIGHT–TERRACE

Anita is standing, resting against the railing. A distant, lost look in her eyes, along with tears.

The moving lights of the billboard reflected on her face. Traffic and city lights are down below, moving.

Bhinde stands beside her, back to the camera, looking at her.

अनीता : ...और अगले दिन रोहित ने मुझे बताया था कि वो इन तीन सालों में चुपचाप बिना मुझको बताये...कितनी गहराई से मुझे चाहने लगा था। *(वह सिसकियाँ लेकर रोने लगती है।)*...भिंडे...उसका सपना सच हो चुका था...! लेकिन अचानक वो मेरा भी सपना बन गया था...! मेरे और उसके बीच अब कोई कांट्रैक्ट कहीं नहीं रह गया था! हम दोनों ने उसे तोड़ डाला था। ...अब हमें कहीं से छुपकर आने की ज़रूरत नहीं रह गयी थी...! उसने बताया था कि अपनी बेटी टीना को वह कितना प्यार करता है...!

उस रोज़ उसने बताया था कि कैसे उसने अपनी ज़िन्दगी का पूरा प्लान तैयार किया है! उसने अपने रुपयों का एक बड़ा हिस्सा महाराष्ट्रा बैंक के सेंट्रल लॉकर में रख दिया था ...और अपनी वसीयत में टीना और मेरे लिए दो करोड़ के डिपॉज़िट्स रख दिये थे...*(?)*...

बाकी रुपयों के बारे में उसने बताया था कि...

Suddenly there is a loud shriek of a girl. Close shot of Bhinde turning his face towards camera. He runs towards it. Anita rushes too. Her face is tense, eyes wide open.

147.A. EXT.CORRIDOR –NIGHT

The loud shrieks continue and loud sounds of someone running. Tina is running through the corridor. Her face is scratched and bruised. Her clothes are torn. She is trying to cover her partial nudity.

Her face wears a frightened expression. Tears are flowing down her cheeks.

A reverse angle shot.

Tina is running towards the stairs. She dashes against Bunty, who is coming from the opposite direction.

Tina screams at him angrily, while crying.

टीना : ...बंटी...! तूने मेरे को बेचा ...? तू दलाली किया...? मैं जिन्दा नईं छोड़ूँगी तुझे...

Tina grabs him ferociously. He wriggles to free himself from her clutches.

A surprised look on his face.

टीना : ...मेरे को खयाल बी नईं था...इत्ता कमीना निकला तू...! बेच दिया मेरे को...! चीट किया मेरे साथ...

बंटी : *(परेशानी में)* क्या बोलती तू ...टीना ! क्या बोलती तू...?...तेरे को रिसेप्शन पे बिठाने को बोला था वो...! ...कसम खाता मैं...

टीना : *(चीखती है)*...हाँ ...हाँ...! ये देख...! देख...! आँख फाड़ के देख... *(सामने से अपना कपड़ा हटाती है)*...ये रिसेप्शन पे बैठी मैं...! ये देख...! झूठ बोलता मेरे साथ...? मैने तुझे प्यार किया था कमीने...! *(जोरों से रोती है)* ...अपनी लाइफ का पहला प्यार...

Bunty has a shocked expression. He holds her.

Bhinde rushes in from behind Bunty. He is holding his service revolver in his right hand.

Anita too appears following from behind. She is still in her bare painted body, as she was shown earlier.

Bhinde stops. Anita too reaches to them.

भिंडे : *(बंटी की कालर को पीछे से पकड़ता है)* ...क्या लफड़ा है? ए... मामला क्या है...? ...कौन है तुम लोग...?

Anita looks at Tina. She observes her coolly and says.

अनीता : नई ...नई आई इदर पे...! छोटी है अबी तो...! ए...नाम क्या है तुम्हारा...?

Tina looks at Anita, shock expressed on her face.

A quick flash of the visual where Tina had seen her father with Anita at the jewelery shop.

टीना : मेरा नाम है टीना मुलगाँवकर...

Anita is astounded, shocked. She struggles with words to say something.

Bhinde is staring at Tina, Bunty and Anita.

Cut to the beginning sequence of film-flashes.

A flash of the scene *(from the beginning of the film)*, where Mulgaonkar is returning home in the train, sitting at the window

The shots are repeated from the beginning upto the point he is dying and he asks,

'Tina kahan hai'.....!

147.B. SAME TIME. CORRIDOR.

Bhinde waves his pistol.

Anita's changing expression is shown over Bhinde's dialogues. She moves closer to Tina and puts her hand over her shoulder. Tina angrily shrugs it away.

Bhinde runs down the round spiraling staircase, pistol ready in his hand.

He runs through a back-door and enters in the hall.

Dancers are performing on stage. Same tribal, erotic, gyrating dance.

Close of Bhinde. He is looking in to the hall.
Camera explores all the tables in the bar, spotting the table where Dada was sitting. It is empty.
Empty glasses and bottles are kept on it.

148. EXT. CITY ROADS–NIGHT

Bhinde kicks his bike start. Urgency in his movements.
He is zipping through the roads of Mumbai, driving very fast. The neon lights and traffic pass in a blur.
Various cut shots of Bhinde driving through different lanes.

149. INT/EXT DADA BHATTACHARJI'S FLAT–NIGHT

Bhinde presses the nasty doorbell.
The old woman opens the door.
Bhinde barges in without a word and looks around.
Camera follows him through the rooms. Suddenly, the bizarre old woman comes from behind and laughs.

बूढ़ी औरत : *(खरखराती हुई आवाज़)* ...ही...ही...खी... खी...खी...*(हँसती है)*...नई है वो इदर! ...*(ताली बजाती है)* ...ही...ही...तुमारा भी रुपया ले के भागा क्या...?

Bhinde turns his face and looks at her. He runs out wildly, keeping his revolver in his hand.

The old woman stares after him with a wild laughter.

बूढी औरत : ...*(पागलों की तरह हँसती है)* ...दौड़ो?...! पकड़ो उसे...! *(धीरे से बोलती है। फुसफुसाती हुई)* ...गोली मार देना उसे...!...ठूं...ठूं...ठूं...!! ही...ही...ही...!!

150. EXT. CITY ROADS–NIGHT

It is almost a red-alert situation. Blowing horns, sirens and hectic movements of PCRs and other police vans are seen.

Bhinde is sitting in a PCR along with other subordinates. The blue light is swirling above the jeep as it speeds through the roads very fast. The traffic passes in a blur.

A close-up of Bhinde's tensed, worried expression. He speaks urgently into the walkie-talkie and gives orders.

Various cut shots of the PCR from different angles.

151.A. SAME TIME–AASHIYANA APARTMENTS

The PCR stops at the gate. Few other PCRs too arrive at the gate and stop.

The brightly lit board of Aashiyana apartments, through the windshield.

Bhinde jumps out. Other officers and cops rush after him.

Gunmen take positions at several points.

Bhinde at Anita's flat. He presses the musical bell.

Bhinde looks around impatiently and presses the bell again.

He orders police men to break in.

The door is thrashed by many and breaks opens with a loud bang.

Light from outside streaming in.

Anita is lying dead on the floor. A dim swaying spot light of a fallen lamp, which is still rolling to and fro.

Close shot of Anita. Her eyes are wide open and shocked. Blood is spilled around her.

A man's form can be distinguished crouching and swaying close to her.

Some one switches on the light.

Dada is sitting on his haunches beside Anita's body. Axe clutched tightly in his hand. He is muttering to himself. His voice has weird grainy elements. A sub-human characteristics.

दादा : ए बोंधू...! होम जीनियस...! दादा भट्टाचार्जी इज़ जीनियस...!! ...*(हँसता है)* ...मवाली साला भूतिया...! कबाड़ी...! दो कौड़ी का मामूली आदमी...!

मामूली साला फोटीचर...! ...मच्छड़...! ...करोड़पति बनने का सपना देखा साला...! ...होम दिखाया उसको सपना... *(हँसता है)* ! करोड़पति बनने का सपना...! *(जोरों से ठहाका लगाता है)* ...साला आज तक कभी कोई मामूली आदमी करोड़पति बना...क्या ?

A close-up of Anita's face surrounded by the pool of blood.

Close of Bhinde. He stares at the scene, shock and disappointment written large on it.

भिंडे : *(जेब से बबलगम निकाल कर चबाता है लेकिन उसके चेहरे पर गहरा दुख और मायूसी है)*...आज मैं ज़िन्दगी में पहली बार लेट हुआ...! ...सिर्फ पाँच मिनट लेट...! *(गहरी ठोस आवाज़ में)* अरेस्ट हिम...

The officers around him rush forward and make a circle around Dada.

151.B. SAME ROOM–LITTLE LATER

Scene opens with Anita's dead body lying in its place. The fallen lamp has stopped and the spot of its light has stayed on Anita´s face.

Flashlight lits up the scene one after the other.

With each shutter sound and flash, the angle of Anita's dead body is changed.

It is converted in to a sequence of still photographs. Shutter sound is abruptly taken over by an ambulance siren coming from out side.

Cut back to the normal view of the room.

Dada sits on the floor, surrounded by the police and officials.

Jafri as usual taking notes on his pad.

while Anita's dead body is being wrapped in a white cloth, another dead body, wrapped in the sheet is carried out towards the door, from adjacent room.

Inspector Bhinde comes out of that adjacent room and walks towards the place Dada is sitting. Police men give him way.

Bhinde goes and sits on the sofa, very close to Dada. In the background, Anita's body is also lifted and being carried away.

Bhinde looks at Dada. He is munching something under his jaw awfully. He looks deep in to the eyes of Dada and smiles.

भिंडे : हाँ तो गुरू ...! साला जीनियस बैंचो...!! ...तुमने ...उस उड़िया खोकी को भी नहीं छोड़ा...? ...*(जेब से व्हिस्की का क्वार्टर निकालता है)* ...गुरू दक्षिणा...!! दादा भट्टाचार्जी ...देखो...शिवाज़ रीगल...!! गुरू दक्षिणा...

Dada starts shivering in ecstasy. He extends his hands to take the bottle.

Close shot shows his hands have blood spots almost drenching.

दादा : ...*(काँपती हुई पागल आवाज़)*...ए भिंडे...! बोंधू...! इदर ...इदर...! होम तुमको... उदर रोशनी बार में एक और खोकी से मिलाएगा...! *(गिड़गिड़ाता है)* ...ए बोंधू...! इदर...इदर...

Bhinde smiles nastily and gives him the bottle.

Dada gulps almost all whiskey in a go and wipes his mouth with his sleeves.

Bhinde takes out another half.

भिंडे : *(मुस्कुराता है)* ...फिकर का बात नईं दादा! भौत है अपने पास...! गुरू दक्षिणा...

Dada grabs it in anxiety and gulps again.

Bhinde smiles again, munching, taking out another half of whiskey like a magician.

151.C. SAME TIME–LITTLE LATER–SAME PLACE

Shot starts with half a dozen empty whiskey bottles strewn on the floor. One more falls over there.

Dada, sitting on floor, is very drunk. He is quaking and sleepy. His eyes are blood shot red and wrinkles distort his face.

Bhinde is holding him through his sleeves and collar. There is a nasty smile on his face. He is still munching something, however his face bears ferocious, unruly look.

भिंडे : *(चबाता हुआ)* ...ए जीनियस का औलाद! बी सी भट्टाचार्या ...उर्फ बिकास चन्द्र भट्टाचार्या उर्फ दादा भट्टाचार्जी ...! अभी भौत गुरूदक्षिणा है साला मेरे पास...! बोल...! कइसे ठिकाना लगाया ...रोहत लाल मुलगाँवकर को...!! ए...इदर ...देखो...! देखो ...इदर...!! फुल बाटल...! ढक्कन तक फुल...

Dada with all efforts looks to the bottle; a distorted smile appears on his face. He extends his trembling hands towards it. Bhinde pulls it away.

भिंडे : ...अरे इतना जल्दी नईं...! पहले वो किस्सा ...! बोल ...! चल बोल...!!

It appears that Dada is now ready to spill out.

Bhinde shouts.

भिंडे : सायलेंस!! ...लाइट्स ऑन! ...रिकॉर्डिंग चालू...!!

Bright carbon lights switched on. Video camera starts. Camera crew is shown on its job.

Now Dada's close shot is shown as it is being recorded.

दादा : *(उसकी आँखें झपकती जा रही हैं। लेकिन एक शैतान हँसी अब भी उसके चेहरे पर है।*

वह हँसता है।) ...साला मवाली...! वो हामरा साथ ही महाराष्ट्रा बैंक में काम कोरता था! मनहूस...! होरदम चेहरा उसका पिचका गुब्बारा का माफिक ...! कोई हँसी नईं ...कोई खुशी नईं...! तो होम बोला उससे ...! होम तुमारा लाइफ बोदल देगा...! रिवोल्यूशन...! एकदोम क्रान्ति...*(गिड़गिड़ाता है)* ...ए ...बोंधू ...! एक घूँट दो ना...!! ए भिंडे...

भिंडे : *(सख्त आवाज़ में)* आगे बोल...! चल... *(जोरों से)* ...ब्बोल!!

दादा : *(सहम कर)* ...तो होम उसको ले गया क्रिकेट का बेटिंग का वास्ते...! सट्टा...

While Dada speaks, glimpses of related events flash.

Mulgaonkar in the mid of a cheering crowd. etc.

...पोरन्तू बोंधू...! कमाल का किस्मत था साला मवाली का...! छोह करोड़ जीत गया वो...!! सिक्स क्रोर...! सिरफ एक रात्रि ...और वो फोटीचर मुलगाँवकर करोड़पति बोन गया...!! वो बोला... दादा...! तुमारा भौत एहसान... भौत ऐसान...!! बोला वो...जो तूम ना होता तो कुच्छ भी न होता...*(गिड़गिड़ाता है)* ...ए बोंधू...! एक घूँट! बोस फिर होम तोबीयत से बताएगा तूमको सोब...! सोब बोताएगा...!

(भिंडे उसे अपने हाथ से दो–चार घूँट पिलाता है। जैसे ही दादा बोतल को

अपनी ओर खींचने लगता है, वह बोतल छुड़ा लेता है)

...होम उसको समझाया...! मौज मोस्ती करो...! चलो बोंधू उदर बैंकाक, स्विट्जरलैंड...!! साला बालीवुड का स्टार के साथ ऐश कोरो...! *(हँसता है)* ...होम बी साला बहती गंगा में गोता मारना माँगता था...*(गुस्से में चीखता है)* पोरन्तू साला चूतिया...! दो कौड़ी का फोटीचर...! बोला होम माच्छी मारेगा...! झोपड़ा में रहेगा...

It is a Video Monitor.

Inspector Bhinde and many senior Police Officials are watching it attentively.

Dada's confession is on…

...उसने उदर मलाड आइलैंड में एक झोपड़ा खरीदा...! होम उसको उदर रोशनी बार में ले जाता था...! होमारा आइडिया था कि साला दारू पिएगा... छोकरी को देखेगा तो आदमी बोन जायेगा...! *(हँसता है)*

ए बोंधू एक दिन होम भौत खूश हुआ...! वो बोला कि अपुन को वो उस खोकी से मिलाओ, जिसे होम रात में रोशनी बार में देखा...

Glimpses of Dance and drink in Roshni Bar.

Scene when Dada introduces him to Anita at her place.

...होम उसको ले गया ...मिलाया...! ओनीता से मिलाया...! ...मालूम है साला क्या बोला...! होम एक सोपना पूरा कोरेगा...!! सोपना...ड्रीम...! स्साल्ला कबाड़ी ...*(ठहाका लगाकर हँसता है)*

152. NIGHT–POLICE STATION

Dada is sitting on his haunches, on the floor down, in the corridor of Police Station, in a corner.

Bhinde on his chair. Camera recording is on. There are cops around in uniform, silent and attentive.

...वोह मुलगाँवकर तो पागल था ही बोंधू...! ये ओनीता डबल पागल...!

रहने लगी उसके साथ ! जइसा बीवी रोहता ! माच्छीमार एबोम मछुआरिन...!!

(हँसता है) पोरन्तु बोंधू ...! साला दिल का साफ...! लार्ज ...! इतना बड़ा दिल बाला वो साला मवाली...! होम जब भी रोकड़ा माँगता ...फटाक से निकाल के देता...! होम पाँच माँगता, वो दोस देता...!

(उसकी आवाज़ अचानक काँपने लगती है।)

He holds his chest as if he is under severe pain. Bhinde gets up and holds him. Dada is convulsing.

दादा : *(गुस्से में। उसका पूरा चेहरा थरथरा रहा है)* ए...ए...! तूम पोलीस की कसाई!... स्साला बूचर...!!...होमको मार डालेगा

...तोब देगा तूम...! होम बोला कि होम सोब बोताएगा तूमको...! व्हिस्की नोईं तो चिलोम दे दो...

(एक सिपाही बोतल लाकर देता है। दादा अपने मुँह में उलट कर ऐसे पी रहा है, जैसे उसे बहुत दिनों के बाद मिला हो)

153. A COURT ROOM

Session is on. Court room is full. Dada is in the witness Box. Every one is listening attentively.

...योर ऑनर! ...मुलगाँवकर ने होमको बोरबाद कोर दिया...! हम सोचता जइसा उसका सोट्टा निकला, होमरा बी निकलेगा...! वो तो होमी था, जो उसको जिताया...करोड़पति बोनाया ...तो योर ऑनर...!...होम खुद क्यों नईं जीतेगा...!! ...तो...होम उससे रुपया ले के आता और सट्टा में लगाता...! होम अपना पी.एफ का सारा रुपया सोट्टा में लगाया...! वो होमरा बीवी होमको रोकता...तो होम उसको पीटता...! कइसा बेवकूफ वो...! उसको मालूम नईं कि होम जीनियस...! जे होम जो उस कबाड़ी को करोड़पति बोनाया...! तो...हम अपना फ्लैट गिरवी रोख दिया...! बीवी का जेवर सारा बेच डाला...! घर का एक एक चीज को हम खेला...! दाँव पर लगाया...!

(पागलों की तरह हँसता है! उसकी आँख से आँसू बहते हैं)...

पोरन्तू...होम भाग्यहीन...अभागा...!!...योर ऑनर! मवाली बोन गया...होम...! एक टका नईं बचा आमरा पास...!...कंगाल...! *(जोरों से)* ...ब्रोक ...बैंक्रप्ट...*(रोता है)*

तो...हम भौत आशा बाँध के ...ओनीता के पास गया...!

भौत आशा था आमरा मोन में कि उसको इतना बड़ा असाइनमेंट दिलाया...! वो आमरा फेवर करेगी...! आमरा पे तरस खायेगी...! ...पोरन्तु...वो ट्रेटर...! बिट्रे किया उसने...!!

धोखा ...बिश्वासघात...

A flashback of a scene where Dada comes to Anita for money and she rudely tells him to go away and not come to her repeatedly. She was not part of his dirty ideas.

154. LOCK-UP

Dada stands holding bars and talks as if he is narrating it to the camera.

...एक एक पोल ...एक एक घड़ी...! सम्पूर्णो दिबोस, समूचा रात्री...आमरा दिमाग के अन्दर रुपया घूमता...! ये कबाड़ी को होम अपना टैलेंट से करोड़पति बनाया...! वो आमरा प्रॉपर्टी...! किदर को छुपा के रक्खा वो छोळ करोड़...!

होम उसका पीछा कोरता...! छुप–छुप के देखता...! ...एक रात्री होम उसका झोपड़ा में छुप के गया...

Shot of Mulgaonkar and Anita making love.

Dada is seen hiding behind the window.

Mulgaonkar tells Anita about his will and tells her in whispers about something.

स्साला! सारा सोंसार एक जइसा सेल्फिश...!

वो कमीना जो आमरा वजह से फोटीचर से किंग बोना...! वो हरामी अपना बसीयत में होमको एक टका नईं दिया...! *(उसकी आवाज़ गुस्से में काँपती है)*... अपनी बीवी को दिया...! जिस पड़ोसी के साथ वो फँसी साला उसको बी दिया! बेटी को दिया और रांशनी बार में नाचने वाली रंडी को बी दिया...!...

(गुस्से में चीखता है) ...आमरा कोई रिस्पेक्ट नईं...! एक कौड़ी का ...एक टका का आमरा कीमोत नईं...! हम स्साला जीनियस...फोकट का मानुस...*(रुक कर)* ...तो होमने प्लान बोनाया...

(जोरों से ठहाका लगा कर हँसता है और पागलों की तरह सीखचे को जकड़ लेता है)...

...जो सपना दिखा सोकता...वो सपना को तोड़ भी सोकता...! होम तूमरा गुब्बारा फोड़ेगा...मुलगाँवकर...! स्साला कबाड़ी...

Scene shows Dada creeping through the back wall pipe and reaching to the roof top. He is now in a position to peep through Mulgaonkar's bed room. Same sequence repeated in a distant shot, through Dada's perspective.

Dada aims his shot gun and fires. A subtle thud is heard. A woman shrieks loudly.

...तो उस रात ...तारीख...! रात्री दोस बजे ...होम गया...! झूठा साला ! जोब वो अपनी बीवी से सोब कुछ छुपाया तो कइसा किसी का सगा होता...!

तो होम उसका भेजा का एम लेके शूट कर दिया...!

(चेहरे पर गुस्सा)...दादा कबी कोई निशाना नईं चूका *(हँसता है)*...

...ए बोंधू...! वो मुलगाँवकर स्साला पागल! होम तूमको एक बात सच बोलता! एकदम सच! ...देखो कभी कोई मामूली आदमी करोड़पति नईं बोनता...! *(जोरों से चीखता है)* ...कबी नईं बनता...सुना तूम !! जो ऐसा सपना मामूली आदमी को दिखाता...वो लोग खुद करोड़पति होता...!!

(रोता है) ...होम बी एक मामूली आदमी...! वो उस रोहितलाल मुलगाँवकर का माफिक...!

तूम भी...! होम सोब मामूली आदमी...! होम जो सपना देखता...वो सिरफ सपना होता!...सुना तूम लोग सिरफ सपना... *(उसका चेहरा पूरे स्क्रीन पर छा जाता है। उसकी आवाज़ काँपती है। वह फुसफुसा कर बोलता है)*...ए बोंधू ...! हर सपने का एक ही हकीकत होता है...! कि...वो...टूट जाता है...

His voice reverberates and is repeated many a times.

155. EARLY MORNING –MARINE DRIVE

Sea Waves. Seagulls fly and cover the sky.

Tina is waiting. Her hair is flying in the breeze and she has a soft smile in a sweet anxiety on her face.

Bunty stops on his bike before her.

टीना : *(आकर उसकी मोटरसाइकिल की पिछली सीट पर बैठते हुए)*...इत्ती देर लगा दी...!

बंटी : ...*(ताज्जुब से)* ...देर...! ए तेरी घड़ी फास्ट होगी...!

टीना : *(नकल मारती हुई)* ...हाँ...! घड़ी फास्ट होगी...! कित्ती देर से खड़ी मैं इदर...! अच्छा बंटी हम जा किदर को रहे हैं।

बंटी : ...एक जगह है टीना...! एक मस्त जगह...! एक खोली...! मैं उसको सपने में देखा...! मैं देखा कि उसमें मैं रह रहा तेरे साथ...!

(घूम कर देखता है) बोल ...टीना! तू रहेगी मेरे साथ...,

Tina sits on the mobike and holds onto him tightly as the bike moves, resting her head on his shoulder.

Motorcycle is going away. Frame remains static. They are becoming smaller in perspective.

Lyrics of Tina-Bunty song are repeated ...

sapney buntey hain aur bikhar jaate hain
lekin hum sapney dekhna kaise chhod dein..
ehi to zindagi hai...

The End

□□